나는 글쓰기로 설렌다.

공저 김동미 · 류진영 · 문현주 · 박찬영 · 배희준

Contents

우리 모두는 자기 삶의 저자입니다

누군가 제게 지금까지 살면서 제일 잘한 일이 뭔지 묻는다면 저는 한 단어로 답하겠습니다. 책 쓰기. 책 쓰기는 제게 새로운 길을 선사했고, 덕분에 '내게도 이런 일이 일어날까?' 한 번도 생각하지 못했던 멋진 일들이 펼쳐졌습니다. 책 집필을 통해 삶을 바꿀 수 있음을 체험하면서 다른 사람의 성장을 돕는 책 쓰기 교육을 시작했습니다. 이 또한 책 출간이 선사한 선물입니다.

오래전 처음 책 쓰기 교육을 준비하면서 한 가지 목표를 마음에 새겼습니다. 바로 좋은 책을 쓰도록 돕는다는 것입니다. 좋은 책에 대한 절대적인 기준이 있는지는 모르겠지만, 제가 생각하는 좋은 책은 진정성을 담아 자신과 독자의 정신과 삶에 긍정적인 자극을 주는 것입니다. 좋은 책은 책과 저자가 따로 놀거나 분리되지 않습니다. 책을 쓰며 먼저 저자 스스로 성장해야 좋은 책을 쓸 수 있습니다. 책 작업과 삶이 서로에게 자양분을 제공하여 선순환을 그리며 함께 성장할 수 있도록 안내하는 게 제 역할입니다.

책 집필은 제가 알고 있는 최고의 공부법이자 자기 탐구 방법입니다.

한 권의 책을 쓴다는 건 본인의 화두 또는 절실한 문제를 풀기 위해 스스로 질문하고 성찰하고 답을 찾아가는 과정입니다. 그래서 책 쓰기는 성찰과 성장을 연결하는 다리와 같습니다. 글을 쓴다는 것은 스스로 자신과 삶의 안팎을 살펴보고 사유하고 정리하는 능동적 활동이기 때문에 이런 과정이 쌓이고 쌓여 임계점을 넘을 때 본질적 성장이 가능합니다. 이게 끝이 아닙니다. 성장은 성찰에 동기와 재료와 추진력을 더하여 더 깊은 성찰을 촉진하므로 그만큼 정신이 성숙하고 글쓰기도 넓어지고 정교해집니다. 이렇게 성찰과 책 쓰기와 성장은 선순환하며 상승효과를 일으킵니다.

저는 지금까지 아홉 권의 책을 출간했습니다. 책을 한 권 두 권 내면서 책을 쓰는 과정이 인생과 닮았음을 실감합니다. 하루하루가 모여 삶을 이루듯 한 장 한 장 글로 채워야 책이 됩니다. 모든 인생이 그 삶을 살아가는 사람을 닮을 수밖에 없듯이 모든 책에도 글쓴이의 마음과 언행이 투영됩니다. 요컨대 인생은 온전히 내가 한 단어, 한 문장, 한 페이지씩 써나가야 하는 책이며, 우리 각자는 자기 삶의 저자입니다. 때때로 스스로 묻곤 합니다.

“내 인생이 한 권의 책이고 내가 그 책의 저자라면 무엇을 어떻게 쓸 것인가?”

책을 한 권 한 권 완성하며 이 질문에 나름의 답을 하고 있다고 저는 믿습니다. 이렇게 삶은 책이 되고 책은 삶이 됩니다.

꼭 일기가 아니더라도 어떤 글을 쓴다는 건 그때의 나를 정교하게 기록해두는 일입니다. 이 기록에는 공부한 내용과 경험한 일과 가슴에 품어온 생각 등 다양한 것들이 담길 수 있는데, 그게 무엇이든 마음에 씨앗으로 뿌려지고 이내 나란 존재를 형성합니다. 특히 책을 쓴다는 건, 과거의 나에 관한 기록을 넘어 현재의 자신을 성찰하고 앞으로 만나고 싶은 나를 그려보는 길이기도 합니다. 책은 자기를 비추는 거울입니다. 유리 거울은 겉모습을 비춰주고, 책 거울은 존재를 비춰줍니다. 책 쓰기는 직접 거울을 만들어 나 자신을 갈고닦는 과정입니다. 성실히 글을 쓰고 한 권의 책으로 묶는 일이 자기를 재발견하고 자기다운 삶을 모색하는 훌륭한 방법인 이유가 여기에 있습니다.

이번에 인천광역시교육청에서 주최한 '내 인생의 첫 책쓰기' 연수는 매우 뜻깊은 교육입니다. 본 교육은 학부모를 대상으로 2개월 동안 총 8회에 걸쳐 진행했으며 회당 강의 시간은 150분에 달했습니다. 학습자들은 그저 강의만 듣는 게 아니라 매주 까다로운 과제를 붙들고 씨름했습니다. 여기에 더해 육아와 집안일까지 병행해야 했기에 더욱 만만치 않은 과정이었습니다.

그대가 손에 들고 있는 이 책은 이 모든 어려움을 극복해낸 결실입니다. 모두가 합심하여 이렇게 각자 앞으로 쓰고자 하는 책의 출간 기획서와 서문, 그리고 샘플 원고를 모아서 한 권의 책으로 펴낼 수 있게 되어 뜻깊습니다. 여기에 실은 기획서를 포함한 모든 내용은 우리 학습자 한 사람 한 사람이 치열하게 고민하고 정성껏 작성한 결과물입니다. 물론 아직 최종본은 아니어서 개선할 점이 남아있지만, 하루하루가 쌓여 삶이 되듯이 책 작업도 이렇게 하나씩 하나씩 만들어 나가는 여정입니다.

한 권의 책을 완성하는 일은 중장기 프로젝트입니다. 짧으면 수개월,

길게는 몇 년이 걸리기도 합니다. 책을 쓰는 방법은 다양하지만 변하지 않는 진실이 있습니다. 꾸준히 써야 한다는 겁니다. 교육은 이제 마무리 하지만 우리는 책 작업을 계속해야 합니다. 이 책이 우리 학습자들이 출간 동기를 되새기고 집필을 지속하는 데 도움이 될 거라 믿습니다. 아울러 본 교육에 참여하지 않았지만 책을 쓰고자 하는 분들에게도 다양한 출간 기획서를 접할 수 있는 흔치 않은 기회를 제공함으로써 긍정적 자극과 아이디어를 제공할 수 있으리라 기대합니다.

두 달 넘게 강사가 교육에만 집중할 수 있도록 배려해주시고 교육 준비를 도맡아 해주신 인천광역시교육청의 조윤경 장학사님에게 감사한 마음 전합니다. 짧지 않은 교육 기간과 많은 과제에도 불구하고, 그리고 무엇보다 부족한 강사를 믿고 끝까지 함께 해주신 모든 학습자 분들에게 신심으로 감사드립니다.

마지막으로 이 책을 손에 든 모든 분들에게 말씀드리고 싶습니다.

그대의 '좋은 삶'을 닮은 '좋은 책'의 저자가 되어주세요.
그대의 첫 책을 기다리고 있을게요.

홍승완,

'내 인생의 첫 책쓰기' 연수 심화과정 강사 · 〈내 인생의 첫 책 쓰기〉 저자

2023년 9월

나는 글쓰기로 설렌다 출간 기획서

김 동 미

내 마음 밭에 도착한 편지

유년의 나를 만나며 잠자고 있던 나를 깨우는 시간

도서 제목 및 부제 (가칭)

- 내 마음 밭에 도착한 편지 : 어느 날 받은 편지 한 통에 담긴 나의 소중한 이야기.
- 작은 강물의 편지 : 작은 강물은 나에게 안부를 물으며 내 어릴 적 이야기를 들려준다.
- 나의 삶 곳곳에 유년 시절의 작은 내가 있다.
- 부제: 유년의 나를 만나며 잠자고 있던 나를 깨우는 시간.

저자 소개

김동미

시에 빠진 문학소녀의 명찰을 가슴에 품고 자랐다.

자연과 사람으로부터 받은 메시지를 쓰는 것에 마음을 쏟는다.

기획 의도

- 타인의 위로가 넘쳐나는 시대에 스스로 내면의 메시지를 읽는다. 위로의 책들은 각광을 받고 하나같이 각성하기를 또는 쉽게 안주하라고 한다. 이 책은 회상의 작업을 거치며 현재의 이정표를 점검한다. 자신이 진정 필요로 하는 것은 무엇인지 알아가는 시간을 갖는다.
- 그동안 잊고 지낸 유년의 기억을 되살려 지금 본인의 모습을 바라본다. 가까이 있는 자연과 소통하며 받은 울림을 전한다.
- 삶이란 결과물을 내는 것이 아니라 하루를 소중히 살아가는 것임을 일깨운다. 오늘이 가치 있는 삶이기에 지나온 과거는 그대로도 충분하다. 내일을 살아가는 힘은 이미 내 안에 있다.

주요 독자

- 인생의 전환기에 도전의 원동력을 자신에게 찾고 싶은 30~40대
- 유년 시절이 그리운 30~40대
- 핸드폰 사진첩에 내 사진이 줄어드는 30~40대

기획의 특징 및 차별성

- **[참신성] 작은 강물에게 받은 편지 속 유년 시절**

작은 강물은 어디에서 왔을까? 우리의 삶은 어디에서 시작이 되었을까?

강물이라는 유년의 자아가 지금 나에게 편지를 보내왔다.

잊고 지내온 내 어릴 적 이야기엔 귀여움과 행복함이 묻어있다. 열살인 나에게 있던 그 감정이 어른이 된 지금 다시 채워지길 바란다.

자연과 호흡하고 사람과 부딪치며 사는 우리의 이야기를 자전적 소재를 통해 독자와 만난다.

유년 시절의 기억은 현재의 삶에도 불현듯 나타난다. 누구에게나 있는 유년은 따뜻하기도 하고 차갑기도 하다. 찬란하다가 부서지기도 한다. 연약한 소녀였던 자아는 지금 내 안에 꿈틀거리는 것과 닮았다. 모두에게 있는 어린 시절을 돌아보며 성인이 된 나의 모습을 들여다본다. 작은 나의 모습과 마주하면 비로소 깜깜한 나도 보이는 법.

잊혀진 나를 다시 찾는 시간을 갖고 진정 원하는 것을 알아가 보자. 그러다 보면 나도 모르는 사이 나만의 나침반을 갖고 내일을 향해 한 걸음 더 나아가게 된다.

- **[구성] 내 마음 밭에 사는 것들**

✔ 도착한 편지 : 흘려보낸 어린 시절의 나. 작은 강물은 나에게 편지를

보내왔다. 나의 안부를 물으며 잊고 지낸 내 소중한 이야기를 들려준다.

✔나를 키우는 비: 나의 영감은 비로부터 왔다. 혼자일 때 비는 나를 채웠다

✔모르는 사이에 생긴 거미줄: 내 마음에 반갑지 않은 손님이 도착했다. 그것은 나를 묶어 놓았고 나는 그것으로부터 탈출을 시도한다.

✔나도 하자. 분갈이!: 화분 안이 터져 나가는데 나는 왜 머뭇거리고 있는가. 마음을 분갈이하고 한 걸음씩 나아가자.

Contents

4장 내 마음은 분갈이 중

꿈

꽃이 질 때

잡초는 없어

황홀한 위로

새 가지

나가는 글_머무르지 않을 뿐 꽃은 지고 나는 다시 피어난다.

서문 및 샘플 원고: 다음 페이지에 첨부

Introduction

내 마음 밭에 도착한 편지를 펴내며

마음 밭 둘러보기

이 책을 쓰면서 유년 시절을 많이 떠올렸다. 30년 된 일기장, 학창 시절 펴낸 문집과 썼던 시들을 다시 보았다. 새록새록 살아난 추억은 신기할 정도로 오래전 일을 꺼내왔다. 기억의 방으로 들어가면 또 문이 나왔다. 선명하게 떠오르지 않을 때는 그 시간을 함께한 친구와 부모님께 물어보았다. 새롭게 알게 된 일도 잘못 기억한 일도 있었다.

비가 오면 자주 생각나는 것과 흥얼거리는 노래는 언제부터 시작된 것인지 궁금했다. 흘러가는 삶에 노크하듯 문득문득 떠오르는 기억의 대부분은 어린 시절 시골 풍경이었다. 방학이 되면 할아버지 할머니가 사시는 시골에 갔다. 냇가에 자리한 집을 중심으로 큰 산봉우리들이 존재감을 드러냈다. 냇물이 흐르던 곳을 어렸을 때는 작은 강물이라고 생각했다. 장마가 계속된 어느 해 냇물이 불어나 집 마당까지 들어찼다. 잔잔하던 물은 차갑고 무섭기도 했다. 그때의 풍경은 하나의 기념품이 되어 내 곁에 늘 자리했다.

엄마가 되고 바쁜 10년이 지나니 잔잔한 날이 계속됐다. 반짝이던 것이 차츰 빛을 잃듯 생기가 사라지는 것 같았다. 아쉬워도 어쩔 수 없는 날들.

그러던 어느 날 작은 강물로부터 편지를 받았다. 나의 안부를 묻는 편지에는 나의 유년 시절 이야기가 있었다.

떠나보낸 기억을 다시 마주하니 건져내야 할 추억과 감사함이 있었다. 정작 보내야 할 것을 보내지 않기도 했다. 시간이 지나 그때 깨닫지 못한 것을 지금은 이해할 수 있었다. 자갈조차 그냥 있지 않는다. 강물에 의해 부서지고 깨지며 그 시대의 지층을 이룬다. 자연과 나는 머무르지 않고, 변하고, 시들 지라도 멈추지 않았다. 순간들이 쌓여 지금을 만들었다. 나에게 쌓인 지층 저 어딘가에 내가 꿈꾸었던 것이, 한없이 즐거웠던 것이, 참았던 울음이 박혀있다.

넘어져도 일어날 힘을 갖고 슬픔도 지나갈 일임을 안다. 이제는 넘어져도 울음부터 내지 않는다. 당장은 힘들 지라도 영원하지 않을 것이기에 희망을 품고 나아간다. 어려서 자연을 통해 스며든 깨끗한 마음은 삶이라는 유속을 바삐 헤엄치는 우리를 단단히 하고 나아가게 한다.

강물에게 답장을 하는 마음으로 쓰려한다. 그리고 이 책을 통해 나를 위해 열심을 다한 유년을 만나러 간다. 가끔 멈추고 뒤를 돌아보자. 당신에게도 반가운 편지가 도착할 것이다.

우리는 세상에 방출되었다
유년 시절이 흘러 지금에 이르렀다
우리의 의지로 세상에 나온 것은 아니지만
분명 이유 있는 삶을 살고 있다.

비와 조각들

자리를 옮겨 앉았다. 빗소리가 더 선명하고 창을 따라 내려오는 빗방울이 더 잘 보였다. 건물 외벽을 타고 흐르는 물줄기는 세찬 비바람으로 바뀌어 건물의 모퉁이 끝에 도달했다가 바닥과 난관에 존재를 알리듯 튀어 오르기를 반복했다. 그렇게 바라보고 있노라면 팔팔 끄는 뚝배기 된장찌개 같고 타고 내리는 빗방울은 자꾸 무얼 가지고 오려고 했다.

엘리베이터 문이 열렸다. 1층을 누르고 보니 분홍색 큰 곰 인형을 안고 우산을 든 여자가 보였다. 성인의 키 반은 차지하는 축 늘어진 인형의 팔과 다리가 여자를 감쌌다. 뒤를 따라 내리며 우산을 펴고 앞서가는 여자의 뒷모습을 바라보았다.

소싯적에는 작은 것 큰 것 가릴 것 없이 인형은 귀엽고 사랑스러운 물건이었다. 지금은 집에 둘 공간을 먼저 생각하고 알레르기 때문에라도 고민 후에 산다. 그것도 작은 것으로. 물건을 버릴 때 가장 죄책감이 드는 것은 음식과 인형이다. 부모님이 보내준 반찬을 다 못 먹고 상해 버릴 때는 죄송하기도 하지만 냄새와 냉장고 사정을 방치할 수 없기에 버리고야 만다. 아이의 인형은 애착 인형 정도만 침대 모퉁이에 남아 있고 나머지는 창고에 있어 이것도 정리할 때가 임박해 있다.

나는 눈에 예민한 편이다. 그래서 생선구이도 머리는 되도록 없이, 있다면 상대편으로 머리를 두고 먹었다. 멸치볶음은 예외. 생선과 마찬가지로 인형의 눈은 뜬 채로 있기에 버릴 때 인형의 눈은 피했다. 나를 보고 있다고 느꼈기 때문이다. 나름의 사정이 있기에 인형뿐만 아니라 물건은 정리가 된다. 비가 오는 지금 저 인형의 신세가 구차해지는 것은 아닌지 헌 옷 수거함 쪽으로 가는 여자의 뒷모습을 보니 늘어진 인형의 팔다리가 우산 속에서 움츠리고 있었다. 고운 분홍색의 곰. 버려진다면 조금 아까워 보였다.

"오빠 저거 인형... 아니야?" 오빠는 친구들과 노느라 정신이 없다. 나는 우산을 썼지만 저 인형은 내리는 비에 두들겨 맞아 정신을 잃은 듯 기울어 앉았다. 물줄기가 똬리를 틀고 하수구로 처박히듯 몰아치는 빗물은 그래도 인형은 쓸어가지 않고 그 자리에 두었다. 안으면 포옥 안길 것 같은 작은 곰 인형을 집에 가져가 빨아볼까, 생각을 해봤다. 비구름이 대낮의 해를 가려 어둑어둑해진 탓에 비에 젖은 인형은 음산해 보이기까지 했다. 손으로 만질 용기가 나지 않았다. 불쌍한 인형을 집으로 데려가고 싶었지만 무서워서 할 수 없었다.

얼마 전에 샀던 병아리도 엄마에게 혼이 난 후 박스 안에 든 채 버려졌다. 자취를 감춘 병아리를 찾을 길이 없어 엄마에게 돼 물었지만, 엄마는 병이 들어서 그냥 버렸다고만 했다. 어디에 버렸는지 묻었는지 알 길이 없었다. 또 혼나기도 싫고 백발백중 좋은 소리를 못 들을 것이라 짐작하며 포기했다. 그보다 단연 행동을 멈추게 한 것은 얼마 전에 본 영화, 처키 때문이었다. 오싹한 무언가가 인형 속에 있을 것만 같은 막연한 공포를 사실 인형을 본 순간 떠올렸다. 인형의 안쓰러운 모습을 뒤로하고 죄책감 없이 그것을 포기했다.

비는 멈췄고 다음 날 다시 찾은 운동장 그곳엔 그 인형은 없었다. 소중하건 소중하지 않건 길에 둔 것은 다시 찾을 수 없다는 걸, 떼를 써도 찾을 수 없다는 것을 알아가는 중이었을까. 병아리가 병든 것이었다고 따져 묻고 싶어 다시 학교 앞에 갔을 때도 병아리를 팔던 아주머니는 없었다. 사라진 병아리에 대한 생각도 차츰 줄어갔다. 비에 쓸려 어디 떠내려갔을 것 같은 인형은 더 빨리 잊었다.

비 오는 날 내 무의식은 용케도 그날의 장면을 찾아낸다. 그것은 잃어버린 누구의 조각일까. 일회성 연민일 것 같았던 그때 나의 마음은 어디에 씨를 뿌렸는지 30년이 지나도 불쑥불쑥 생각이 난다. 작고 귀여운 것에 깃든 무엇이 나와 함께 했었다고, 나를 기억한다고 알려주는 듯하다. 함부로 대할 수 없었던 동심이 헤엄치던 시절, 엄마가 치운 병아리, 비에 젖은 인형, 삼촌에게 받은 점무늬 강아지 인형, 노란 머리 주주 인형과 침대 세트. 이것들의 자취를 엄마는 기억하고 계실까. 묻지 않겠다. 관심의 유통기한이 그리 길지 않다는 것을 이제는 안다. 나도 그 일을 넘겨받은 엄마니까. 그리고 버려야 할 수고로움은 모두 엄마의 몫이니까.

정문 앞 세탁소에 세탁물을 맡기고 돌아서는데 여자가 주차해 둔 차량의 뒷좌석에 곰 인형을 태우고 있었다. 곰은 비를 맞지 않았다.

새와 나의 거리

패러글라이딩에 몸을 맡긴다. 하늘을 나는 기분은 어떨까? 기구에 의지하지 않고 스스로 나는 새처럼 하늘을 날고 싶다. 땅을 벗어나 발끝과 몸의 평형을 유지하며 나의 손과 팔은 날개가 된다. 새가 날아온다면 동족 아닌 동족을 공격할지 인사할지 망설이겠지. 너는 아래에 있던 생물이 아닌가? 맹수는 아니라도 꼼짝하지 않는 눈과 작은 부리에조차 내 몸을 헌납할 각오는 서지 못했다. 작은 존재일지라도 가까이할 수 없는 위엄 앞에 나는 두발을 땅에 딛는다.

하늘로 달아난 선녀를 일찍 만나서일까. 하늘은 나의 도피처가 되어 훌쩍 떠나고 싶을 때는 철새의 등에 올라타는 상상을 한다. 어린 나에게 미지의 세계를 항해하는 콜럼버스 보다 철새가 더 신비로웠다. 육지 위 하늘의 것은 영롱하고 특별했다. 새와 나의 거리는 그렇게 멀고 서로의 공간을 침범할 수 없다고 여겼다. 우린 각자의 영역을 인정했다.

빠지직–

“무슨 소리 났는데요?”

학원 차가 출발한 뒤 얼마 지나지 않아 타이어는 어떤 물체를 밟은 것 같았다. 백미러를 바라보니 그것은 그 자리에 멈춰 작아지고 있었다.

“윽– 어떡해...”

“어서 내려라.”

아저씨는 학원 시간에 맞춰 서둘러 우리를 내려주었다. 내가 밟은 것도 아니었는데 분명하게도 각인된 소리가 나를 옴짝달싹하지 못하게 했다. 바스러지는 소리, 그건 새의 머리였겠지. 돌아갈 때는 걸어서 갔다. 죽은 것이란 섬뜩하지만 꼭 그곳을 가야만 하는 것은 어떤 이끌림인지 마냥 호기심으로만 설명하기는 어렵다. 막상 그곳에 도착하니 눈을 가리지 않을 수 없었다. 10미터 전 얼핏 보이는 회색과 붉은색의 척척하고 진득한 섞임은 아스팔트에 낙인찍힌 사체였다. 참새의 사체. 나의 생은 여기서 끝났음을 알리는 선명한 색. 그리고 어두워지는 주위의 배경. 예상이 확인이 된 순간 똑바로 볼 수 없어 몇 걸음을 두고 시야의 초점을 흐렸다. 작은 새 하나가 아스팔트에 낙인이 되고 속절없이 계속되는 차량에 의해 안녕을 몇 번이고 고하고 있었다.

논밭 위 허공을 나는 까마귀. 뜨거운 태양이 벌을 준 것일까. 거뭇한 까마귀의 깃털이 그 자태를 보이며 아래를 주시한다. 소리를 주고받는 한 쌍의 까마귀는 목표물에 내려앉아 자연의 사채들을 청소한다. 자연의 청소부. 이들의 고유한 습성을 나는 멀리서 바라보았다. 사실 까마귀는 속살이 하얗다는 속설을 들은 뒤로 무섭지 않았다. 알고 보면 충직한 새를 몰라주는 사람들 때문에 안쓰러울 때도 있었다. 자태가 고왔던 비둘기가 지금은 어떠한가? 사람들의 관심을 한 몸에 받던 비둘기는 사람과 더 빨리 친해진 탓일까. 길든 탓일까. 까마귀와 비둘기는 서로 다른 길을 선택한 듯하다.

건널목을 건너려 터벅터벅 육교를 내려오는데 커다란 무언가 난관에 앉았다.

"깜짝이야!"

3미터 앞에 있는 물체는 여느 새와 다른 면모를 보였다. 휘어져 내리는 부리, 찰나까지 놓치지 않는 눈, 촘촘한 윤기를 보이는 날개까지. 검은 새의 위엄은 나를 순간 얼어붙게 했다. 이제는 시골이 아니라도 까마귀를 종종 볼 수 있다. 나와 까마귀의 거리가 이렇게도 가까워졌다니. 가까워진 새와 인간의 거리만큼 새의 수는 일방적으로 줄고 새의 영역도 그만큼 사라져 갔다.

까마귀는 나를 보는 것 같았다. 이내 다시 눈길을 주지 않고 앞을 향해 도약했다. 나는 멍하니 새의 날갯짓을 보며 감탄하다 어릴 때 시골에서 보던 까마귀가 아님을 알았다. 까마귀는 이전에 누리던 것을 알지 못하는 듯했다.

건널목에 서서 신호등을 바라보았다. 빨간 신호는 무수한 부고를 알리고 있었다.

나는 글쓰기로 설렌다 출간 기획서

류 진 영

내 마음의 무지개

내 마음의 주인공은 나야 나!

도서 제목 및 부제

책 제목– 내 마음의 무지개

부제 –내 마음의 주인공은 나야 나!

저자 소개

류진영

52년을 살아오며 23년간 아이를 둘 키워냈다. 시댁에서도 말렸지만 사직서를 내고 육아를 위한 경력단절녀에 합류했다. 동화구연 지도사, 독서지도사의 자격증을 내걸고 회원 1호 우리 아이를 시작으로 초등부터 중등까지 14년간 독서논술을 가르치며 여전히 끝나지 않은 육아를 하고 있다.

기획의도

시간이 지나면 내 마음에 간직하고 싶었던 감사함과 행복감은 잊히기 마련이다. 또 잊어야 할 타인에 대한 부정적인 감정은 응어리로 남아있게 된다. 남들과 부대껴 살아가면서 느끼는 감정들을 솔직하고 온전하게 마주하는 시간을 통해 깊이 자리한 아픔과 서러움은 훌훌 풀어버리고, 내 마음을 풍요롭고 행복하게 했던 기억은 마음에 새기는 시간이 될 것이다. 미처 깨닫지 못했던 감사함을 깨달으며 춘삼월 봄볕처럼 마음이 따뜻해지길, 마음 깊이 자리 잡았던 미움은 눈이 녹듯 사르르 녹는 따스한 시간이 되길 바란다. 인생의 주인공인 '나'의 마음속 무지개를 찾아보는 시간이 되길 바란다.

예상 독자

- 갱년기를 맞이한 부모님의 마음이 도저히 이해 안 되는 10대
- 끝이 보이지 않을 것 같은 육아에 지친 30~40대
- 육아가 끝났지만 예상치 못한 자녀의 사춘기에 당황하는 40대
- 빈 둥지 증후군에 마음 허전한 40~50대

차별화 포인트

- 자아 성찰을 통한 자기 이해와 힐링

✔ 타인에 대해 아는데 '나'만 모른다.

✔ 나의 감정을 들여다보며 타인의 입장 알아가기

- 쉬운 듯 만만치 않은 솔직함의 경험

✔ 어려운 철학자나 심리학자가 아닌 친근한 이웃의 이야기를 통해 솔직한 감정을 들여다보고 공감하는 시간

✔ 독서지도사 14년, 육아 23년의 에피소드로 감정 성찰을 통한 자기 이해와 힐링

- '싫다', '좋다' 말고, 다양한 감정의 경험

✔ 일곱 가지 다양한 감정의 경험과 그 경험을 통한 깨달음, 소통, 힐링

Contents

5장 설렘

1. 포천으로 GO~!
2. 신발 벗어?
3. 양치기 아줌마

6. 기쁨

1. 한 돈짜리 효도
2. 엄마~나 상 탔어!
3. 웅녀 탄생

7. 아쉬움

1. 꼭꼭 숨어라.
2. 할머니의 뭇국
3. 텅 빈 우사

Introduction

내 마음은 빨강! 빨주노초파남보~! 내 마음의 무지개

어니스트는 "장래 이 근방에서 태어난 아이가 당대의 가장 위대하고 가장 고귀한 인물이 될 운명인데, 그 아이가 어른이 되면 큰 바위 얼굴과 똑같은 얼굴이 된다."는 이야기를 듣고 자랐다. 그래서 어니스트는 큰 바위 얼굴을 닮은 사람을 찾아 나선다.

부유한 상인이 된 개더골드씨도, 여러 전투를 거친 유명한 군 사령관 '피와 천둥 장군'도, 법률과 정치분야에서 성공을 거둔 '큰 바위 피즈' 또한 그가 찾는 '큰 바위 얼굴'이 아니었다. 노인이 되어갈 무렵 만난 천재적인 능력을 가진 시인 또한 그가 찾던 큰 바위 얼굴이 아니었다. 어니스트가 그렇게 찾고 기다린 큰 바위 얼굴을 닮은 이는 바로 어니스트 본인이었다.

너새니얼 호손의 《큰 바위 얼굴》은 큰 바위 얼굴을 닮은 인물을 찾는 이야기이다.

본인의 모습과 덕망은 알아채지 못한 어니스트의 모습은 오늘날 우리의 모습이기도 하다.

다른 사람에 대한 탐구와 관찰은 아끼지 않으면서 자신에 대해서 얼마나 알고 있는가? 타인에 대한 관심만큼 '나'에 대해서도 관심을 기울이고 있는가?

내 것이지만 내 마음대로 할 수 없는 것. 가지고 있지만 알 수 없는 것–마음.

마음을 붙잡는 것도 나 자신이고, 잃어버리는 것도 나 자신이다.

내 마음의 소리를 들어보고 내 마음을 다독여보는 시간을 갖고자 그동안 느끼고 담아온 내 마음을 함께 나누고자 한다.

하루 동안 내가 느낀 소소한 마음의 소리를 들어보는 시간.

오늘도 수고했을 몸과 마음이 치유되는 시간이 되길 바라며 행간에 숨어있는 나의 눈물과 기쁨이 전해지길, 부족한 부분은 독자가 채워주시길 바라며 부족한 나의 마음을 털어놓는다.

여러 가지 색이 어우러져 더 빛나는 무지개처럼 나의 일곱 가지 감정으로 나의 마음은 더 찬란하게 빛날 것이다.

제1장 내 마음의 첫 번째 속삭임- 미안해!

1. 순대와 떡볶이

미안한 마음은 몰랐다가 비로소 알게 되었을 때 느낀다. 또, 알지만 어떠한 것도 할 수 없을 때 느끼게 된다. 마음은 유기적이어서 미안한 마음이 깨달음으로 이어지기도, 슬픔으로 더 커지기도, 감사함으로 새겨지기도 한다.

"왜 이렇게 늦었어? 먹기에 늦었으니까 그냥 식탁에 놔"

《순대와 떡볶이》라는 책으로 수업을 한 후 배가 고파서 순대랑 떡볶이를 사 오라고 아들에게 심부름을 시켰다. 평소에도 굼뜬 행동 때문에 지청구를 먹던 아들. 그날도 30분이 지나서야 돌아왔다. 집 앞 가게에서 사면 10분이면 될 것을 30분도 넘게 걸린 아들의 느긋함에 허기진 만큼 더 짜증이 났다. 다시 수업에 들어가느라 먹지 못한 떡볶이는 팅팅 불어 터졌고, 순대는 다 식어버렸다.

"왜 이렇게 늦었던 거야?"

"엄마가 좋아하는 떡볶이집에서 사느라고 그랬지!"

헐레벌떡 뛰어왔는데 핀잔하는 엄마가 야속하게 느껴진 아들도 불퉁스럽게 답했다.

그때 몰랐다. 아들의 깊은 마음을…….

스무 살 청춘에 코로나로 캠퍼스 대신 노트북으로 첫 학기를 마치고 군입대를 한 아들.

아들이 입대 후 우연히 책꽂이에서 《순대와 떡볶이》라는 책을 마주한 날 눈물을 쏟고 말았다.

식어버린 떡볶이를 먹으며 짜증과 불만을 쏟아내던 나의 옹졸함과 소심함이 미안해서 떡볶이를 먹을 때마다 눈시울이 붉어졌다. 아들이 제대한 후 함께 떡볶이와 순대를 먹으며 군대 보내고 그 일이 가장 마음에 걸렸었다고, 미안했다고 사과를 했다. 그때서야 아들에게 엄마가 좋아하는 떡볶이집에 가느라 늦었다는 사실을 제대로 들을 수 있었다. 나의 귀와 마음은 비로소 아들의 진심을 알 수 있었다.

그 후로는 아들의 말에 더 귀를 기울이고, 부탁할 때는 정확하게 장소와 시간을 이야기한다. 제2의 떡볶이 사태가 없도록…….

2. 마지막 생신

이렇게 될 줄 몰랐다. 정말 꿈에서도 생각하기 싫었던 가장 슬픈 일이 일어났다.

“미안해요”라는 4음절로 표현할 수 없는 깊이 새겨진 아픔, 미안함.

이십 년이 넘도록 ‘암세포‘와 싸우시던 어머니의 마지막 생신을 함께하지 못했다. 면역력이 약한 어머니께 코로나는 치명적이기 때문에 부모님께 자주 찾아뵙지 못했다. 하루에도 수십 명의 아이들을 만나는 직업의 특성을 가진 우리는 더더욱 조심스러웠다. 또, 부모님 옆에 사는 오빠가 부모님을 정성껏 모시기에 우리가 가지 못하는 죄송한 마음을 애써 위안 삼았다.

“오빠가 있으니까…….”

부디 마지막이 아니길, 다음 해에는 함께 할 수 있기를 간절히 바라며 2020년 가을 그렇게 어머니 생신에 우리 가족은 모이지 못했다.

슬픈 일은 비껴가지 않았다.

항암치료와 퇴원을 반복하고, 다시 힘을 내서 생활하시는 어머니의 모습은 기적과도 같은 일이었지만 염치도 없이 나는 또다시 기적을 바라고 있었다.

그렇게 기다리던 세 딸들의 목소리를 들으시곤 눈물 한 방울을 끝으로 어머니는 의식을 잃으셨다. 기계음으로 서서히 떨어지는 맥박, 약해지는 호흡을 확인하며 임종하시기 전 24시간을 함께했다. 우리 가족은 어머니 곁에서 어머니의 귀에 대고 우리의 어린 시절 이야기로 어머니의 마지막을 함께했다. 힘든 시절에도 우리 어머니가 자식들을 얼마나 아끼고 사랑하셨는지, 우리를 키우며 쓰셨던 육아일기부터, 사 남매 각자가 가지고 있는 어머니와의 추억을 돌아가며 이야기했고, 우린 울고 웃으며 우리 가족의 사랑을 확인했다. 그리고 용서를 빌었다. 생전 더 잘해드리지 못한 불효를 사죄드렸다.

슬픈 마음만큼 죄송한 마음도 크다.

아직도 엄마 산소에 가면 "미안해요, 엄마"라는 말이 먼저 나온다. 여전히 마음 깊이 지워지지 않은 어머니에 대한 미안함이 가득하다.

3. '나'에게 사과하기

10여 년 전 자궁선근증으로 자궁적출 수술을 받았다. 나는 그야말로 ' 빈궁마마'이다.

수술을 앞두고 아이들을 돌봐주러 오신 친정 부모님께 죄송하다는 말씀을 드리며 눈물을 쏟았다. 아픈 것에 대한 스스로의 연민과 부모님께서 주신 몸을 관리하지 못해 수술하게 된 불효에 대한 미안함이 밀려왔다.

네 살밖에 되지 않은 둘째와 1학년인 첫째를 몸도 편찮으신 친정 부모님께 맡기고 병원에 들어가려니 마음이 아파 눈물이 앞을 가렸다.

그때 깨달았다. 나의 건강은 나만의 것이 아니라는 것을.

아이가 콧물만 흘러도, 밥을 조금 덜 먹어도, 충치가 생겨도, 넘어져

무릎이 까져도, 또래보다 키가 조금만 작아도 엄마는 미안하다. 아이가 소중한 만큼 나도 소중한데, 나의 사랑은 가족에게만 향해 있었다. 두 아이를 키우는 엄마가 되고 나니 오히려 어머니의 마음이 조금씩 헤아려진다. 그래서 우리 어머니의 딸인 '나'는 '나'를 사랑해야겠다는 생각과 함께 그동안 나 자신을 아끼지 않았던 것이 참 미안했다.

어머니가 우리 곁을 떠나시고 몇 개월 후 건강검진을 받았다.

결과는 충격적이었다. 그동안 관리되던 혈당 수치도 약을 더 처방받아야 할 만큼 나빠졌고, 갑상선을 조절하는 호르몬이 정상치의 두 배를 넘었다.

담당 의사 선생님께선 갑상선은 정상인데, 이 정상을 유지하기 위해 뇌가 혹사당하고 있다고 진단하셨다. 그러시면서 "무슨 일 있었어요?"라고 물으시는데 나는 눈물로 답을 대신했다.

그날 밤 잠을 자려고 누워서 내 가슴을 토닥이며 스스로에게 사과했다.

"미안해. 너무 돌보지 않아서 미안해."

'나'는 '나'이니까 소중하다. 그걸 깨닫지 못하고 소중히 여기지 못한 나에게 참으로 미안하다.

오늘도 내가 느낀 수많은 감정 속에 찌꺼기처럼 남아있는 미안함은 없는지, 자책으로 미안함을 더 키우고 있지는 않았는지 살며시 들여다본다.

미안함이 더 커지지 않는 방법은 되풀이하지 않는 것이다. 또, 잘못을 알았다면 바로 인정하고 사과하는 것이 미안함을 푸는 방법이다.

제2장 마법처럼 커지는 감사함

1. 매월 10일이면……

손 참 곱다.

나는 사람을 볼 때 손을 제일 먼저 보았다. 손이 고운 사람에게 호감을 느끼면서 손이 곱지 않으면 얼굴도 보지 않는 요상한 취향을 가지고 있었다.

하지만 남편은 목공예를 전공해서 손이 울퉁불퉁했다. 나무를 다듬고 나무를 만지던 손이라서 곱지 않다. 하지만 나는 그의 작품이, 나무를 만지는 거친 손이 좋았다.

마법처럼 그의 손을 거치면 나무가 작품이 되었다. 세상에 하나밖에 없는 작품!

날짜를 확인한다. 아! 그날이다.

매달 똑같은 문구의 카톡을 남편에게 보낸다.

–고마워요! 잘 쓸게요.–

목공예를 전공해서 대학에서 강사를 하던 남편에게 나는 "꿈 접어!"라는 말로 그의 진로를 바꿔버렸다. 그의 인생이 달라졌다.

작업실에서 나무를 자르고, 다듬고, 끼워서 만들어낸 작품들을 전시하던 사람이 생계를 위해 고향을 떠나 상경을 했다.

"아이가 태어나고 5살이 될 때까지 기다렸으면 오래 기다린 거 아니야?

나니까 이제껏 당신 작업하는 거 뒷바라지하고 참은 거야."

라며 이제는 생계를 위해, 우리 가족의 미래를 위해 가장의 역할을 하라고 밀어붙였다. 그렇게 진로를 바꿔 나무를 만지던 거칠던 손은 컴퓨터를 만지며 시간이 지날수록 고와졌고, 강의하던 목소리는 이젠 화면 속 문자로 숨어버렸다.

매달 10일. 아! 기다리고 기다리던 월급날이다.

교직에 계시던 아버지의 월급날인 17일, 어머니께서는 두 손으로 아버지의 월급봉투를 받으셨다. "고맙습니다" 장난기가 묻은 어머니의 밝은 목소리에 숨겨져 있던 애틋함을 헤아리는데 수십 년의 시간이 흘렀다. 그 시절 어머니의 나이가 된 나는 어머니의 모습을 흉내 내며 남편의 월급을 감사히 받는다. 물론 통장으로 입금되지만, 그 감사함과 애틋함은 월급봉투와 다름이 없다.

나의 말에 귀 기울이고, 우리 가족을 위해 희생한 남편에게 늘 감사함을 느낀다. 아직도 시댁 창고 구석에 있는 미완성된 작품을 보며 나는 꿈 꾼다. 머지않은 미래에 남편의 날개를 다시 펼 수 있는 공간을 마련하겠다고!

나는 여전히 희고 고운 손을 좋아한다.

하지만 제일 좋아하는 손은 울퉁불퉁 나무에 거칠었던 남편의 손이다.

2. 비밀 품은 김치

"오늘 택배 잘 받으래이!"

시골에 계신 시어머님 전화에 김치통부터 찾아 씻는다. 김장 걱정하시지 말라는 말씀을 드렸는데도 시어머님께서는 김장을 해서 택배로 보내신 것이다. "제가 갈게요!"라고 빈말을 할 주변머리도 못되고, 갈 형편도 못되어 택배로 오는 김장 김치를 받기만 하다니 죄송하기 그지없다. 김장용 봉투에 담아 검정 고무줄로 칭칭 감고, 테이프로 붙인 김장 김치가 도착했다. 김장용 봉투를 열어보니 까만 비닐봉지가 들어있다.

"뭐지? 양념을 따로 또 넣으셨나?"

열어보니 곰팡이 냄새가 나는 만 원권 현금다발이다.

중간중간 노란 고무줄로 묶여 있는 183만 원.

시어머님께서 손주의 대학 입학을 앞두고 등록금을 보내신 것이다.

200만 원도, 180만 원도 아닌 183만 원.

허리 아프니 밭에 나가시지 말라고 해도 틈틈이 밭에 나가서 나물을 캐고, 고추를 따고 해서 만드신 목돈 183만 원.

나는 그 돈을 받고 시어머님과 통화를 하다가 오열하고 말았다. 허리가 90도로 꺾여 바닥에 코를 박고 다니시는 시어머님의 자식 사랑에, 더 주고 싶었는데 200만 원을 채우지 못해 미안하다는 시어머님의 사과에 눈물이 터져버렸다. 평소에도 자식이라면 입에 들어있던 것까시 꺼내주시는 시어머님이신데 대학가는 손주한테 등록금 해주고 싶은 마음이 얼마나 크셨을까? 한 푼 두 푼 모은 돈을 창고에 꼭꼭 숨겨 곰팡이 냄새 진동하는 지폐. 없어질까, 김치에 젖을까 걱정이 되어 김장 김치 택배에 넣어서 보내시며 비닐로 싸고, 싸고 또 싼 시어머님의 그 사랑을 어찌 다 헤아릴까! 그 해 김장을 다 먹고 시어머님께서 보내신 또 다른 택배를 뜯으며 염치없이 살핀다.

이번에 까만 봉지가 없나?

시어머님께 웃으며 여쭌다.

"어머님! 이번엔 까만 봉지 없네요? 돈 안 보내신 거 맞죠?"

대답 대신 들리는 어머님의 웃음소리에 함께 웃는다.

"어머님! 돈 안 주셔도 되니 건강하세요!"

우리 가족을 만나게 해주셔서
감사 합니다

남편을 비롯한 아들, 딸,
손자, 손녀, 며느리, 사위들
모두 좋은 사람이 우리 가족이
되어 행복하게 부자로
살수 있어 감사 합니다
감사, 감사 감사~~~

어머니께서 좋아하는 책을 필사하시던 공책 앞에 붙어 있던 메모.

평소에도 "감사합니다!"를 노래처럼 하시던 우리 어머니.

암세포로 척추가 주저앉아 만성통증을 겪으시면서도 "감사합니다." 로 아침을 시작해서 잠자리에 드시던 그런 분이셨다.

"엄마! 이렇게 아픈데 뭐가 감사해요?" 여쭙는 내게

"살아 있으니 감사하지. 이렇게 새로운 하루를 맞이하는 게 보통 일이니? 너희는 엄마한테 이렇게 잘했으니 엄마 세상 떠나도 너무 많이 울지마. 내가 너희한테 효도할 시간을 20년 넘게 줬잖아. 그러니까 너무 서운해 마." 우문현답으로 나를 울리셨다.

7남매의 맏아들, 5남매의 장녀가 만나 평생을 맏며느리, 장녀의 무거운 어깨로 사셨던 우리 어머니.

또, 우리 4남매를 어려운 살림에서도 금이야, 옥이야 아낌없이 사랑으로 키우신 작은 거인 우리 어머니.

"내가 살아온 세월 책으로 쓰면 10권은 쓸껴!"

그 이야기, 그 세월 글로 남겨주시지…….

어머니의 저 메모는 어머니를 떠나보내고 패닉에 빠졌던 우리 가족을 다시 일으켜 세웠다.

"어머니 감사합니다!

낳아주셔서 감사합니다.

사랑으로 키워주셔서 감사합니다.

사랑으로 채워주셨던 그 자리가 너무 커서 울지 말라고 하셨지만, 많이 울었어요. 하지만 다시 힘을 주셔서 감사합니다."

아침마다 우리 가족은 카톡으로 하루를 시작한다.

–안녕! 좋은 아침****

행복 가득♡♡♡♡–

우리 아버지의 카톡 *과 ♡는 모두 4남매를 의미하는 4개씩.

우리 어머니의 자리는 공허하지만은 않다. 다른 가족들의 사랑으로, 노력, 감사함으로 가득 차 있다. 우리 집의 둘째 딸로 태어난 것은 그야말로 내 인생 최고의 행운이다.

아버지, 어머니 감사합니다!

나는 글쓰기로 설렌다 출간 기획서

문 현 주

ADHD에서 버클리를 향해

별을 쫓는 아이

도서 제목 및 부제(가칭)

- ADHD에서 버클리를 향해
- 별을 쫓는 아이

저자 소개

문현주

특별한 아이를 키우는 동안 수많은 시행착오를 겪으며 엄마로서 인간으로서 성장해왔다. 이 세상 모든 상식과 평범함은 교과서나 드라마에서 가능한 일이라 생각하며 살 때가 많았다. 그 속에서 희망과 행복을 찾아 공부하고 단련하고 사색하며 살아왔다. 그 중에서 마음의 그릇을 키우는 일의 중요성을 뼈저리게 느끼며 아이를 통해 인생과 사람을 바라보는 시야가 달라지고 있다. 책 읽기와 글쓰기를 좋아하고 피아노 치는 것과 아침마다 등산하는 걸 좋아한다.

예상 독자층

- 아이의 돌발성과 특이성에 힘들고 괴로워하는 아이 엄마들
- 자신의 아이를 새로운 시각과 잠재력을 보려고 애쓰는 엄마들

기획의 특징 및 차별성

- 특별한 아이의 마음에 무엇이 있는지 알기
- 괴로움에 지지 않고 성장하는 엄마와 아이의 이야기

Contents

Introduction

'보이지 않는 것을 믿는 힘'

'어머니, 당신은 얼마나 불가사의한, 풍부한 힘을 갖고 계신가요!'
이께다 다이사쿠 시 '어머니'

이 시에 전적으로 동의한다. 불가사의라는 말은 본래 불교에서 말로 표현하거나 마음으로 생각할 수 없는 오묘한 이치 또는 놀라운 상태를 가리킨다. 저마다 특별한 개성으로 세상에 나오는 아이를 엄마가 조건 없이 포용하며 키우는 일은 당연한 게 아니고 불가사의한 일이다. 부모가 만들어 준 편안한 우주에 있다가 부모가 되면 나만의 새로운 우주로 이동하게 된다. 거기서는 이제껏 상상도 할 수 없었던 엄청난 지각변동이 쉴 새 없이 일어난다. 특별한 아이를 키우면서 나는 하늘의 별만큼이나 많은 고통과 좌절과 희망을 맛보았다. 수많은 시행착오를 겪으면서 종교와 책과 우인들의 도움을 받으며 여기까지 왔다.

지금 아이는 대학 입시를 코앞에 두고 있다. 이렇게 중요한 시기에 이 글을 쓰고 있다. 아이를 키우면서 상식은 무용지물일 때가 많았고 소통이 어려워 평온한 세계가 나락으로 떨어지는 건 비일비재했으며 서로 싸우면서 '아 여기서 멈춰야 해! 마음을 다잡아야 해'라고 마음먹는 것은 늘 헛수고였다. 가족으로서 사랑으로 포용하기엔 버거운 일이 산적했다.

아이는 끊임없이 나를 돌아보게 했다. 괴로움에 발버둥 치는 속에 필사적으로 행복의 방향으로 키를 잡아가며 이제는 그래도 의연하게 대응해 갈 수 있는 자신이 되고 있다. 아이는 나를 인간으로서 강하게 만들어 주었다. 불안하고 작은 일에도 겁내고 전전긍긍하며 걱정하던 내가 '강해져야 해!'를 되뇌고 강해지기 위해 고군분투하지 않으면 안 되는 환경을 계속해서 만들어줬다.

어쩌면 아이는 나를 강한 사람으로 만드느라 애써 고생한 것일지도 모른다. 그렇게 생각하니 짠한 마음이 든다. 사람은 보이는 것만 믿는다. 실은 보이지 않는 것을 믿는 힘이 정말 중요하다. 무한한 가능성 그것은 보이지 않는다. 하지만 분명히 존재하고 있었다. 아이는 지금 힘차게 날기 위한 준비를 하고 있다. 조금 부족해도 아이의 방법으로 본래부터 갖고 있던 잠재해 있는 힘을 믿으며 높이 높이 비상하기를 진심으로 바란다.

샘플 원고 1

1장
ADHD

'아이가 너무 산만해요. 병원에 한 번 데리고 가봐요' 집에 놀러 온 지인이 여섯 살 된 아이를 보며 말했다. '산만하다고? 아이들이 다 그런 거 아닌가? 병원이라니...' 대수롭지 않게 여기고 싶었지만 그 말을 들은 후로 아이가 하는 행동이 크게 눈에 띄기 시작했다. 유치원을 보내려고 아침마다 깨우는데 진땀을 뺐고 버스가 있는 곳까지 매번 뛰어다니고 하원하는 시간에 데리러 가면 나를 보자마자 화부터 냈다. 즉흥적이고 단순했다. 생각이 이어져서 이러이러하니 다음엔 이렇게 해야겠지 라고 생각하고 행동하는 게 어려웠다.

놀이터에서 놀다가도 아이들이 자기 말에 동조하지 않으면 먼저 밀치고 욕을 했다. 당황해서 말리기 바빴다. '준아야 친구랑 그렇게 하면 안 돼' 타일러도 아이는 막무가내였다. 금방 화를 내고 말보다 손이 먼저 나갔고 겁을 내면서도 거침이 없었다. 나는 달래도 안되니 화를 내기 시작했고 혼 내키는 날이 많아졌다. 지금 생각해보면 부모 중 한 사람이라도 더 너그러워 '어머 네가 뭔가 불편하구나'라며 감싸주면 좋았을 텐데 아빠도 화를 참지 못했다. 일곱 살이 되면서 그런 행동은 더 심해져 결국 수원에 있는 오은영 박사를 찾아갔다. 수많은 검사 끝에 ADHD 증세가 보인다고 했다. 주의력 결핍 과잉행동 장애라고 했다. 약을 먹으며 치료를 병행해야 하고 언제까지 먹어야 하는지 장담할 수 없다는 것이다. 마음이 무겁고 괴로웠다. 왜 나에게 이런 일이?

치료받으러 가는 길은 험했다. 차가 없어서 버스를 두 번 갈아타고 가는데 버스 안에서 아이는 동그란 손잡이를 마치 체조선수가 매달려 앞으로 나아가는 듯한 행동을 했다. 기사의 잔소리를 들으며 말려봤지만 소용없었다. 버스 타는 자체가 고역이라 돈이 들더라도 택시 타고 가는 날이 많았다. 아이 마음 검사하면서 엄마 마음 상태도 검사했는데 에너지가 적다고 했다. 반면에 아이는 산만하고 에너지가 넘쳐흘러 제어가 어려워 과잉행동을 하는 거라 했다. 정신의학적인 설명은 차지하고 상식적으로 봤을 때 엄마랑 아이가 에너지 균형이 전혀 맞지 않아 부딪히고 있었다.

초등학교에 들어가서는 담임한테 수시로 연락이 왔다. 수업에 방해될 만한 행동을 한다. 옆자리 애를 귀찮게 한다. 물건을 던진다. 등등 학부모한테서도 아이가 자기 아이를 귀찮게 한다며 화가 난 목소리로 전화가 왔다. 창피하다는 생각에 엄마들 만나는 게 싫었다. 내 표정은 늘 딱딱하게 굳어있었다. 아이의 에너지를 분출할 수 있는 걸 찾다가 방과 후 로봇 만들기를 시킨 적이 있었다. 흥미 있어 하길래 다행이다 싶었는데 1년 치 배울 과정을 밥도 안 먹고 무섭게 집중하면서 한 달도 안 되어 다 만들었다. 약 부작용 때문인지 입술 주변을 혀로 핥아 입 주변이 빨갛게 됐다. 재미가 있어서 로봇을 만드는 게 아니라 뭔가를 하고 있지 않으면 불안해서 집중하려는 거 같았다.

주변에서 이러저러한 말을 들어도 아이는 호기심을 보이며 꿋꿋이 성장하고 있었다. 스스로 넘어지면서 자전거를 배워 멀리까지 타고 다녔으며 아이들과 늦게까지 딱지놀이를 했다. 한번은 놀이터에서 자전거를 타고 놀다 넘어져 머리에 피가 나 병원에서 치료하는데 울지도 않고 씩씩하게 괜찮다고 했다. 나는 아이가 에너지 과잉이라 그걸 어떻게 분출하게 할까?에 노심초사했다. 엄마 마음은 아이보다 더 흔들리고 안절부절못했다. 다른 아이와 너무 다르고 부족한 부분에 초점을 맞추고 있었다. 무한한 에너지에는 쳐다볼 여유가 없었고 보이지도 않았다. 발리에 살고 있던 동생이 그곳에 와서 살면 어떻겠냐고 할 때 진지하게 고민했다. 틀에 짜인 듯한 생활방식이 아니라 자유가 아이한테 필요하지 않을까? 지금 생각해보면 '가봐도 좋았을 텐데...' 하는 생각이 든다

사랑은 순환이다. 많이 받아야 많이 줄 수 있다. 엄마로서 책임과 의무와 걱정이 많던 나부터 먼저 돌봤어야 했다. 그러지 못한 채 맴돌고 있었다. 그래도 용케 버티어냈다. 그 시절 아이도 엄마도 매일 지각이 변동하는 한복판에 있었던 셈이다.

3장
피아노 소리에 반하다.

2019년 코로나가 발생했다. 인류는 무서운 전염병 앞에서 크게 당황하고 어찌할 줄 몰랐고 평범했던 일상이 한꺼번에 멈춰버렸다. 학교도 온라인 수업으로 전환해 아이들은 학교에 가지 않게 되었다. 다음 해 중3이 된 아이는 아침마다 일어나기 힘들어하던 차에 오히려 더 좋아했다. 점점 더 게을러졌고 밤새 게임 하는 날이 많아졌다. 제어가 힘든 아이한테는 맘대로 할 수 있는 최악의 상황이 만들어진 것이다.

매운 라면을 좋아하는 아이는 편식하며 낮과 밤이 바뀌는 생활을 하게 되고 살이 빠지기 시작했다. 혼을 내고 싸우기를 반복했지만 이미 사춘기의 절정을 맞고 있던 아이의 눈빛은 이미 초점이 없었다. '살 빠진 거 봐! 너 이렇게 건강 버리며 밤새 게임 할래?' 화를 내며 제압하려고 컴퓨터를 치운다고 하면 '나가버리겠다 죽어버리겠다'라며 난리를 쳤다. 엄마의 약한 마음을 이용했다. 몇 개월을 그런 상태로 지내다가 마스크 쓰고 학교에 다니게 되었다. 밤새 게임만 하다 학교에 가서는 수업 시간 내내 잤다. 담임이 전화해 심각할 정도라고 말해 뒤바뀐 밤낮을 바꾸려고 애를 써봤지만 소용없었다. 매일 지각하고 약속 지키는 걸 가장 어려워했다.

게임을 하며 욕하고 거친 말을 하면서 마음은 더 쪼그라들었다. 나는 어떻게 하면 게임을 덜하게 할까 고민했다. 가만히 보니 아이가 언제부턴가 피아노 치는 걸 좋아해 음악을 듣다가 치고 싶은 곡이 나오면 악보를 뽑아 치고 있었다. 그걸 이용하기로 했다. '너 요즘 치고 있는 거 듣고 싶다.

좀 쳐줄래?'라고 하면 신기하게 게임을 멈추고 피아노 앞에 앉았다. 아이는 게임만큼 피아노에도 빠져있었다.

초등 3학년 때였다. 어느 날 큰애가 다니던 피아노학원에서 전화가 왔다. 학원생들 동생이 있으면 한 달 동안 무료로 해주겠다며 보내보라고 했다. 아이는 피아노 소리에 반했다. 1년 정도 다녔는데 배우는 속도가 빨랐다. 그리고 몇 년 지나 우연히 '너의 이름은'이라는 애니메이션을 보면서 피아노 OST 곡들에 심취해 혼자서 20개가 넘는 곡들을 밤낮없이 연습해 모두 연주할 수 있게 됐다. 그룹 레드윔프스의 '스파클'을 수백 번 들었던 거 같다 몰입도는 대단했다. 핸드폰으로 듣고 또 듣고 연습해서 아래 집이 올라오지 않나 걱정스러웠다. 아이는 뛰어난 재능을 보였다. 그때부터 피아노를 종종 치게 됐다.

아이의 집중도는 다른 아이와 달랐다. 평상시에는 평균 이하로 왜 이런 것도 제대로 못 하나 하는 모습을 보이다가 자신이 하고자 정하거나 흥미의 대상이 생기면 놀라운 몰입도를 보였다. 그 에너지양을 플러스와 마이너스로 계산하면 거의 비슷할 거 같다. 그러니까 다른 아이가 쉽게 할 수 있는 것은 잘 못하고 어려워하는 부분에서는 두각을 보였다. 그러다 ○○고라는 학교가 생긴 지 얼마 안 되고 신입생을 모집한다는 걸 알게 되었다. 아이를 데리고 학교를 가보니 최고의 시설을 갖춘 곳이었다. 게임과 게으름으로 범벅된 시간을 보내던 아이에게 목표가 생겼다. 실용음악학원에 등록하고 3개월 남짓 한 번도 배워 본 적 없는 재즈를 배우며 강도 높은 연습을 시작했다. 학원강사는 실력이 빠른 속도로 늘고 있지만 짧은 기간이라 합격은 어렵다고 잘라 말했다. 그러나 이변이 일어났다. 아이가 4대1의 경쟁을 뚫고 합격한 것이다. 학교 담임과 학원강사 모두 놀랐다. 아이는 마스크를 쓰고도 학교에 신나게 다녔다.

아이에게는 중간이 별로 없었다. 무언가를 할 때 너무 잘하거나 아니면 너무 못하거나 했고 감정도 그랬다. 기분이 너무 좋거나 아니면 주변 모두를 블랙홀로 빨려들게 하면서 스스로 자존감의 바닥을 치고 다른 사람도 끌어내리기 바빴다. '내가 저런 아이의 엄마라니 ' '인간이 아니야 외계인이야' 내 마음이 요동을 쳤다. 애증이 교차했다. 그 속에서 나는 쓰러졌다 일어나기를 반복했다.

내 머리로는 감당할 수 없는 모습 앞에 눈물이 흘렀고 감상에 빠지기도 했다. 그러나 엄한 현실은 나아지지 않았다. 스스로 사색을 거듭하면서 내 생명을 들여다보게 되었다. 바닷물은 도랑물도 빗물도 탁한 물도 다 받아들인다. 싫다고 내치지 않는다. 나는 그런 바다가 돼야 한다. 나를 위해 아이를 위해! 아이가 바다가 될 순 없다. 내 마음을 키우기 위해 부단히 노력했다. 한계를 하나하나 부수고 털어버렸다. 그리고 간절히 기원했다. 그런 누적과 반복이 나를 조금씩 단단하게 만들었다. 생명에 새겨져 더 이상 짓눌리지 않았다. 아니 짓눌리지 말아야 한다는 생각이 점점 확고해졌다.

나는 글쓰기로 설렌다 출간 기획서

박 찬 영

딸에게 메세지

Contents

책 구매
간식
외면
태풍이
삼겹살 김치
게임
치킨

선언하는 딸
작가
검정고시
대안학교

엄마의 편지
구독자
인생의 길
용기
엄마의 마음
밤엔 작은 큰 별
표현의 존재
가족이란
누군가 조언

Introduction

최근 들어서 힘들어하는 딸 위해서 글을 남기기로 결심했다. 학교, 생활 및 친구 관계 사이 어려울 때 위로와 용기를 주고 싶은 엄마 마음으로 남기고 어떻게 딸 어떻게 자라왔는지 성장기록까지 아이랑 추억을 기억 찾아서 남기는 내용이랑 조언도 썼다.

1 어떤 엄마일까?
2 아이 좋은 혼 남기고 있는가?

하나는 어떤 관점으로 아이 바라보는 관점 기록하면서 알게 된다.
노력하는 것들을 보여주고 있다는 점이다.
딸이 작은 선물 주고 싶어서 책 쓰기를 수업했고 딸이 작가 꿈 가지고 있어서 딸이랑 같은 작가 꿈으로 경험 통해서 아니면 간접 체험 직접 경험 이던 라고 말할 수 있는 거라고 점
달리는 열차를 타듯 앞만 보고 걸어온 나
항상 내가 어디로 가는지 알고 있다고 생각했었는데
네 마음 매 순간을 놓치고 있었던 거야 기회를 준다면
난 네 뒤를 지키는 동반자
그러니 그 마음이 진심이라면
내게 알려준 너
내 인생의 주인공이 되어도 좋아

너와 나, 우린 함께 가는 거야
작가라는 꿈
너무나 왜 이제야 알았을까?
너무나 완벽해
난 여기만을 기다리고 있어

그러니 그 마음이 진심이라면
내 인생의 주인공이 되어도 좋아
그 마음이 진심이라면 내 인생의 주인공이 되어도 좋아

아름답게 빛나 영원히
넌 작가 글 보면서 내 마음을 훔쳐 가는 너

그 마음이 진심이라면
내 인생의 주인공이 되어도 좋아

그 마음이 진심이라면
(깨닫게 되었지)
(난 사실 매 순간을 놓치고 있었던 거야)

태어나 과정

작은 선물

어느날 피곤해서 잠만 자고 월경하지 않아서 병원 가서 진료 보고

아기가 있다고 했다, 어떻게 해야 하나 고민되었다. 2010년 12월 29일 너를 보고 기뻐서 내가 엄마가 된다고 하니깐 가족들에게 소식 듣고 서로 입장만 지워버리라고 말해서 엄마는 그때 생각하면 아직도 슬퍼 생명인데 너를 만나기를 기대하면서 병원에 다니고 검진도 받고 그랬어

준비와 만나는 생명

2011년 7달 태어난 딸

만나는 준비를 하는 과정 중고로 사거나 받아 놓고 그랬어

8개월 날에 낮부터 진통 시작해서 병원에 달려간다. 진료보고 너가 나오라고 한다고 해서 자연분만 할수 있다고 해서 10시간 진통하는 중에 아기가 숨을 안 쉬고 있다고 해서 급하게 수술로 변경하면서 밥 9시에 너가 태어났어

아기는 30분동안 산소로 쉬고 있다고 소식 듣고 면회시간으로 너를 보고 안심했어

퇴원 해서 집으로 왔어 육아가 시작하면서 초보엄마이지만

그래도 재미있게 놀고

너랑 함께 있어서 즐거웠어

첫 사회 경험

첫 도서관

집 근처에서 있는 도서관 있어서 지나면서 신청 프로그램 작성하고 집에 오는 길에 놀이터 너랑 놀아주고 집에 와서 씻고 그랬어 프로그램 신청하는 날이라서 동화책 할머니 선생님 이야기 들어 주는 너를 집중하면서 친구들이랑 웃고 떠들면서 너를 모습 사진으로 남기고 3개월 프로그램 과정에도 주인공처럼 연극도 하고 그때가 그리워

첫 사회 생활

4살까지 집에서 너를 데리고 있다가 어린이집 보내기 이곳저곳 알아보려고 하루를 잘 보내고 온통 그런 생각뿐 시간만 기다리고 있는 엄마 모습 발견해서 신기하고 웃기기도 했어 어린이집다녀오면 너는 다시 안 간다고해서 걱정이 되어서 담임선생님 통화하면 물어보면 잘하고 있다고 해서 안심하고 너를 기다렸어 6살 되는날 나이가 유치원으로 옮기를 된다고 해서 알겠다고 했어

유치원

고민얘기 들어던 애기엄마가 괜찮은 유지원 알려줘서 거기로 결정하고 상담 예약하고 원장 애기를 듣고 안심하면서 어린이집 졸업하고 일주일에 집에서 쉬고 유지원 다녀야 되는 이유를 알려주고 간식도 챙겨주고 그랬어

아이가 어린이집 이제 그만 다녀야 된다고 설명해주고 간식도 챙겨주고 어린이집 졸업하면서 일주일 쉬고

어린이집보다 유지원 재미가 있다고 너에 말를 듣고 엄마도 즐겁고 1년후 졸업하고 2동안 같이 준비하고 그랬지 학교 갈 준비하면서 필통이랑 가방 선물로 줬지

처음 학원가는 딸

애기해줘서 아이가 자신감을 생겨서 좋다고 해서 바로 알아보고 어떤 운동 시키면 될까 고민하다가 태권도 결정하고 너랑 같이 가서 상담하고 하고 바로 보내주시면 시작한 태권도

3년날 다니면서 실력 늘어났는데 다니기 싫어 너 말해서 알겠다고 했었는데 너 의견 존중해주고 그만 등록했는데

학교입학식날

3월달 이제 학교 다니 나이가 되어서 같이 갔던 날

나는 기뻤고 그랬어 이제 너가 큰 사회 나가는 너를 상상하니깐

엄마는 입학식 너랑 애기 나누고 어떤 친구 만날까 서로 궁금하면서 학교 도작하고 강당으로 모이라고 해서 너를 멀리 보고 선생님도 잘 만나서 너 잘 학교생활 적응하는 중에 문제가 없는데

첫 위기

3학년 초등학교 올라가서 학교 가기 싫다고 했지 번 달래서 보냈는데 안 가고 싶다고 울고 난리 난 너를 보면 화가 나고 해서 담임선생님 연락드렸는데 모른다는 말 듣고 학교 달려가서 다음에 학교의 사무실에 두달 동안 현장체험 한다고 하고 집 계약 안하고 아이랑 애기 나누고 이사하기로 결정하고 두달동안 알아보고 다른 동네로 이사왔어 또 다른 세상 속에 잘 살기를

다른 곳에서 다시 시작

다른 아이의 행동

이사온 학교애서 1년 되는 5학년 때 어떤 아이가 몇 명 친구들에게

때리고 소리쳐서 놀랐다 담임 선생님한테 전화했는데 그런 사건 있었다고 부모한데 미리 안 알려줘서 화가나지만 좋게 애기하고 끊어지만 그때 생각하면 아직도 화나고 그래 모습 보면서 얼마나 놀라서 나한테 전화했을까 속으로 생각하고 안아줬던 기억이 그 아이가 치료했다고 너한테 들어서 조금 안심이 생겼어

친구들끼리

6학년 되면서 학교 1학기 또 안 간다고 그래서 엄마가 들어주고
선생님 말씀 신경 써라고 부탁했었어
니가 또 왕따 처럼 괴롭혀 힘들다고 말씀 들어서 짝 바꿔도 잘 간다고 해서
엄마 담임과 상담했어 잘 애기해서 보내줘도 조퇴하면 안 될까 ?
나한데 질문했던 것들 엄마로써 다시 학교 보낸 것는
먼 미래 사람관계 잘 하도록 하기 위해서 그랬는데

방학식

7월달 중준데 방학한다고 니가 너무 좋아했던 너
나:학교 안가서 그런게 좋아?
딸: 응 좋아 늦게 일나고 하고 싶는 것도 할거야 ㅋ
내일부터 자유다

딸이랑 함께 하는 활동

영화관

딸이랑 본 영화들

영화 제목: 밀수
열길 물속은 알아도 한길 사람 속은 모른다!

평화롭던 바닷가 마을 군천에 화학 공장이 들어서면서 하루아침에 일자리를 잃은 해녀들.

먹고 살기 위한 방법을 찾던 승부사 '춘자'는 바다 속에 던진 물건을 건져 올리기만 하면 큰돈을 벌 수 있다는 밀수의 세계를 알게 되고 해녀들의 리더 '진숙'에게 솔깃한 제안을 한다.

위험한 일임을 알면서도 생계를 위해 과감히 결단을 내린 해녀 '진숙'은 전국구 밀수왕 '권 상사'를 만나게 되면서 확 커진 밀수판에 본격적으로 빠지게 된다.

그러던 어느 날, 일확천금을 얻을 수 있는 일생일대의 기회가 찾아오고 사람들은 서로를 속고 속이며 거대한 밀수판 속으로 휩쓸려 들어가기 시작하는데...

물길을 아는 자가 주인이 된다!

내가 본 요약한 것
간단하게 이 영화 소개한다면 사람 속은 모른다
해녀들 어부들이 생계 된 바다에서 공장들이 들어오면서
벌어진 과정이다

딸이랑 본 영화

오늘 비공식적 영화 8월 6일

일요일 저녁 8 사 30분 10시 50분 영화관에서 딸이랑 같이 봤다.

1987년, 5년째 중동과를 벗어나지 못하고 있는 외교관 '민준'(하정우).

어느 날 수화기 너머로 20개월 전 레바논에서 실종된 외교관의 암호 메시지가 들려온다.

성공하면 미국 발령이라는 희망찬 포부에 가득 찬 그는

비공식적으로 동료를 구출하는 임무에 자원해 레바논으로 향한다.

공항 도착 직후, 몸값을 노리는 공항 경비대의 총알 세례를 피해

우연히 한국인 택시기사 '판수'(주지훈)의 차를 타게 된 '민준'.

갱단까지 돈을 노리고 그를 쫓는 지뢰밭 같은 상황 속, 기댈 곳은 유일한 한국인인 '판수' 뿐이다.

그런데 돈만 주면 뭐든 하는 수상쩍은 이 인간, 과연 함께 동료를 구할 수 있을까?

간단한 인터넷 정리한것 가져옴

내가 본 이 영화 느낌

나는 한국이 나머지 돈 주지 않아서 외국사람 나머지 줘서 한국에 들어와는 장면에서 다행이야라는 생각이 들었다 ㅠ

그래도 서로가 챙겨주는보고 한국이 정이 무엇인지 알 수 있다

아픈 과거가 았었다는 거 말이야 안 돠와주는데도 불구하고 주인공이 다른 방법으로 해결하는 것이 멎져 모습이 였다.

영화: 아파트

소개

"아파트는 주민의 것" 온 세상을 집어삼킨 대지진, 그리고 하루 아침에 폐허가 된 서울. 모든 것이 무너졌지만 오직 황궁 아파트만은 그대로다. 소문을 들은 외부 생존자들이 황궁 아파트로 몰려들자 위협을 느끼기 시작하는 입주민들. 생존을 위해 하나가 된 그들은 새로운 주민 대표 '영탁'을 중심으로 외부인의 출입을 철저히 막아선 채 아파트 주민만을 위한 새로운 규칙을 만든다. 덕분에 지옥 같은 바깥 세상과 달리 주민들에겐 더 없이 안전하고 평화로운 유토피아 황궁 아파트. 하지만 끝이 없는 생존의 위기 속 그들 사이에서도 예상치 못한 갈등이 시작되는데...! 살아남은 자들의 생존 규칙 따르거나 떠나거나

(인터넷 설명가져옴)

영화 본 소감 대화 내용

딸: 현실에 일나면 무서운 건 같아

나: 나도그래 인간들이 위기에서 나 외 가족들만 챙기는 거야

누구도 책임 안하려고 해

딸: 그래?

나: 예들면 뉴스에서 나온 것 세. 호 사건 유괴사건 학교 폭력등 말이야

딸: 맞네 책임안 치려고해?

나: 회파하는 게 맞다고 생각해 그러니깐 잔인하다고 하는거야 상상하기도 싫어

딸: 그만 애기하자 ! 아픈과거

오펜하이머 (영화)8월 17일

영화 오펜하이머는 원자폭탄의 아버지라 불리는 물리학자 줄리어스 로버트 오펜하이머의 일대기를 다룬 영화다. 처음부터 끝까지 오펜하이머를 위한, 오펜하이머에 의한, 오펜하이머에게 헌정하는 그렇고 그런 영화다. '그렇고 그런'이라는 수식어를 쓴 이유는 어느 정도 지식을 알고 보면 재미있지만 그렇지 않은 상태에서 보면 재미없고 지루하게 느껴지는 영화이기 때문이다.

"나는 이제 죽음이요, 세상의 파괴자가 되었다." 1945년 미국 뉴멕시코주 로스앨러모스 비밀기지에서 핵무기 개발 실험에 성공한 천재 물리학자 오펜하이머의 인생은 저 한마디로 귀결된다. 영화에서도 러닝타임 3시간에 달하는 내내 청문회를 통해 그가 핵폭탄을 만드는 맨하탄 프로젝트를 성공시킨 인물이지만 소련 스파이와 공산주의자라는 굴레를 씌워 괴롭힌다.(인터넷에서 가져옴)

영화보고 인간이 어떻게 무서운 것을 알게 되는 것인가
나도 보면서 국가 벼린 사람를 어떻게 버리는지 알게 되었고
이 세상은 누구도 못 믿는다는 결론이다

주변사람들에게 외면 당하는게
국가 위력하는게 무서워서 행동으로 보여지만
그래도 버린다는게 자연스런운게 무서기도 한다

보호자 영화 8. 19

소개

"살면서 내가 선택했던 모든 것을 다 후회했어" 10년 만에 출소한

'수혁'(정우성)은 자신에게 딸이 있다는 사실을 알게 되고 조직을 떠나 평범하게 살기로 결심한다. '수혁'의 출소를 기다리던 보스 '응국'(박성웅)은 '수혁'에게 배신감을 느끼고 자신의 오른팔이자 조직의 2인자 '성준'(김준한)에게 그를 감시하라 지시한다. '수혁'에 대한 열등감으로 가득 찬 '성준'은 일명 세탁기라 불리는 2인조 해결사 '우진'(김남길)과 '진아'(박유나)에게 '수혁'을 제거할 것을 의뢰하고 자신들의 방식대로 무자비하게 타겟을 처리하는 이들은 '수혁'을 죽이기 위해 접근하는데… 평범한 삶, 가장 위험한 꿈이 되었다.(인터넷에서 가져옴)

영화 본 소감 (나)

영화보면서 못된 사람도 자식위해서 몸 던지는 아버지 모습이 인상적으로 더가 왔고 나도 부모이기때문에 닿게 되는 영화였다.

아는 지인분이. 우리딸. 지인분 딸랑 주안역 근처 영화관 봄

타겟 영화. 8월 31일 15:45 영화관

중고 사이트에서 일어난 사건이다.

평범한 주인공은 이사후에 세탁기를 중고거래로 구매하고 고장이 세탁기를 받고 이대로 넘기갈 없다. 잠적한 판매를 찾아서 성공한 주인공 게시글마다 글 남기면서 이후에 주인공은 정제 모는 전화 및 주문한 것도 없는 음식 배달 등 의문의 남자들이 찾아오고 개인정보의 모두 유출이 되고 모든 집안에 낯선 흔적 발견하면서 주인공 경찰 신고하면서 주변사람들이 죽어가는등 목격하면서 공포와 위기 느끼는 영화

(내가 정리해서 씀)

내가 본 소감

이제 어디에도 안전한 시대 없고

중고사이드 말이다.

내가 만약 일어나면 나도 주인공처럼 힘들 건 같다.

나도 중고사이드 가끔씩 이용하는 이제 못 할건 같애

작은 동물원

****복지관에서 가족 프로그램 가는 우리 모녀**

오늘새벽에 내가 몸은 안 좋지만 아이랑 복지관에 미리 약속했던 거라서 준비하고 출발하였고 복지관 강당으로 첫날에 자기소개 및 게임하면서 즐거운 하루 보냈다.

나: 딸아 재미있게 놀자

어제 만나던 이웃분가족이랑 함께가기로 약속했어

딸: 알겠어

이웃 사람: 오서 차 타요!

모두가 인사: 안녕하세요 ^^

송도*동물원 도착하여서 인원하고 들어감**

여러가지 동물들이 너무 귀여운 알바 라는 먼저 만나고 그다음에 햄스터보고 물고기 및 15마리 동물 보고 먹이 주는 할동 하였다.

딸: 나 고양이 보러 볼래

나: 그래

딸: 너무 이쁜 애들이야

우리집에 있는 애들보다 이웃애들이 말이야

나: 우리집 애들 더 낫지

딸: 헉 지금 뭐라고?

두시간 정도 관람하고 점심 먹으러 다 같이 이동

어느 식당

도착해서 미리 주문한 음식으로 먹을라고 기다면서 각자 소감을 애기를 나누었다.

첫가족은 한번도 안 해본들 해서 좋다고하였고, 그 다음 가족은 재밌어요라고 대답하고 또 다른 가족은 좁은 곳에 갇아서 불쌍해보였고 청소를 자주해주면 좋겠네요

애기하는중에 음식 나와서 다들 맛있게 먹고 가벼운 산책하기로 이동했어요

산책중에

다들 즐거운 모습 이곳저곳에 구경중에 같이 온 이웃사람이 아프다고 해서 이용한 사람들이 20분후에 각자 구경하고 집으로 간다고 해서 선생님한테 우리도 먼저 가야 되네요 바로 이웃분이 쉬도록 해야 되네요.

저는 알아서 간다고 전달 좀 부탁드려요.

가는주 중에 걱정이 되어서 문자 보내고 세시간 뒤에 문자와서 확인하고 그랬다 .

나: 몸은 어때요?

이웃사람: 한잠자고 일어났어요~~

이제 괜찮아요~~ 괜히 걱정만 시켰네~

나: 다행이네요

(복지관 에서 프로그램 일정)

이웃집에 놀러 날

이웃집 놀러 갈 딸

딸: 아는 동생집에 놀러가도 돼?

나: 응 엄마도 갈거야 이따가 봐

나: (주기로 한 물건들 들고 걸어가는중)

딸: 왔어!

이웃사람: 어서 와요 물건들까지 고마워

이웃사람: 호떡하러하니까 같이 먹어요

완성해서 가지온 호떡들 맛있게 드세요

딸: 맛있어요 ㅋ

나: 저도 맛있게 먹었어요

이웃집 딸: 저는 셋째 먹을거에요

이웃사람: 그만 좀 먹어!

(우리한테)다들 더 드세요

친할머니집 놀러 간 날

증조할머니집에 딸이랑 방학해서 친척분들이랑 같이 가기로해서 친척집에 달려 갔다.

한시간 달려와서 도착했다

할머니: 어서 와

나: 할머니 저희들 왔어요

딸: 맛있는 먹을거 왔어요

저녁준비하고 셋시간에 식사하면서 이야기 나누고 사는 이야기 나누면 식사하였다.

할머니: 어떻게 지내 ?

나: 저런 아이랑 지냈지요 ㅋ

고모: 내년에 몇 학년이야??

나: 벌써 중학교가요

다들: 벌써 그런 될구나

나: 그런게요

고모: 치킨시킬까?? 먹을래?

딸: 네 먹을래요

할머니: 시키려고? 안 먹고 ?

다들 와서 밥 먹어

다들: 네 맛있게 잘 먹겠습니다 .

한시간에 치킨도 와서 다들 2차 먹고 그랬다.

나: 딸아 증조 할머니 집에서 오니깐 어때?

딸: 좋아 ㅋ

나: 다행이네 가기 싫어해서 걱정 되는데

딸: 어쩔 수 없이 나 혼자 있는 건 싫어 따라왔어

나: 그런구나 어른들한테 얼굴 보여줘서 고마워. 잘 자

딸: 응 엄마도

둘째날

할머니: 밥 같이 먹자

나: 네

할머니: 아이는 안 먹어?

나: 이따가 먹는다고 했어요 우리 먼저 먹어요

할머니: 그래 어서 먹어

할머니: 물 어디 있어?
나: 여기요 드세요

오일장
고모랑 시장 구경하려 할머니집에 나왔어요
가까운 곳이라서 걸어서 감
나: 필요한 것 있어요
고모: 요리재료 사러 왔어 부추 좀 주세요
주인장: 부추만 드려요?
고모: 네 3천원만 주세요 그리고 더 주세요
나: 이런게 시장보는 맛이죠 뭐
가는길에 작년 사 먹었던 풀빵도 사러 간다!

나: 작년엔 먹었던 풀빵도 사고가요
주인장: 맛있어 하나 먹어봐요
나: 고모 먹어요
고모 아니야 니 먹어
주인장: 얼마나 드릴까요?
고모: 3천원씩 주세요
주인장: 먹어봐요
고모: 괜찮았는데

배탈난 나
여러가지음식을 먹고 배탈이 나서 약국에 감
약사: 어디가 아파서 오셨나요?

나: 속이 안좋아서 설사도 좀 하고요

약사: 소화제랑 설사약 좀 드세요

그리고 안되면 병원가세요

셋째날

아이. 친척분이랑 증조할머니이랑 아침밥 먹고 바다 보러 준비하고 출발했어요

1시간 정도 달려가서 바다로 보고 어디쯤에 있는 절 있는 곳에 바다였어요

차 내려서 바다도 좀 보고 절 주변도 구경했지

고모: 이제 내려요 다 왔어요

할머니: 애들 구경 시켜주고와 난 여기서 기다고 있을게

나:딸아 내려간다가 오자 오니까 어때？

딸 너무 더워서 말이야 짜증나

나: 그래도 한 번 가보자

고모: 그래 사진 한번 찍고 오자

다들: 내려가서 구경하기도 사진도 찍고 이야기 나누고 즐거웠다.

오후에 계곡

가야산에 있는 계곡 으로 물놀이 하려고 출발하였다

다들 기대반 설렘 반 으로 달려가는 중

고모: 다들 내려봐요 ㅋ

다들: 내려가서 걸어감

나: 시원하네요 다들 내려와요

고모: 여기말고 다른곳에 내려가서 놀자요

따라서 발장난치고 놀았아요 ㅋ
다들 즐거운 하루 보내고 또 가고 싶다
오는 길에 어죽하는 식당에서 먹고 할머니 집으로 향해간다

마지막 날

3일동안에 즐거운 시간을 보내고 이제 각자 일상생활으로 돌아가야 되네 아쉽기도 하고 섭섭하기도 하기도 하고 그러니까 할머니집으로 가서 위로받기도 정을 나누고 언제까지 할 수 있을까?

모르겠다. 언제쯤 올 건 같아 슬픔 죽음 때문에 불안하기도 하다 아프다고 자주 말씀하시니까

집 도착

바로 정리및 청소 필요한 물건 나눠서 하기로 함
나: 애들 화장실청소및 씻고 필요한 물건들 사와
딸: 응 그래 돈 줘
나: 여기 내방과 화장실 청소할께
딸: 씻겨서 내 보낸다 봉투 좀 줘.
정리할게
나: 응, 엄마 화장실 청소하다 죽겠어.
너무 더워
딸: 간다 올게. 씻고 쉬고 있어
나: 조심해서 간다와
딸: 배고파
나: 각자 알아서 먹어. 움직기가 싫어
일상 정말 돌아왔네 정말!

갑자기 싫어지네 ㅠ

딸이 사는 치킨

딸: 뭐 먹고 싶어요 내가 살게요

나: 그런 좋지 ㅋ

딸: 내가 먹고 싶은 거로 할게요.

바로 치킨이요

나: 뭐야 ㅜ

딸: 내가 냈으니까 뭐라고 하지 말고. 드세요

나: 알겠어요 지사하네

딸: 안 먹는다고 ?

나: 아니거든 먹을거야 음료수 부탁해

딸: 벌써 했어

딸: 왔어 어서 모여자

나: 너무 빨리 왔네 시킬 때 30분에 안되는데 ㅜ

딸: 그냥 먹어 왜그래 ?

나: 걱정이 되어서 그래

안 좋은 재료 써나 해서

딸: 걱정 뒤로하고 먹어

나: 알겠어 잘 먹을께 그리고 고마워

딸에겐 조언

탓 하지 않기

벗어나 나를 집중하는게 더 좋을 거 같아

그래야 내가 살아가는 힘이다.

원인을 찾기

합리적 문제를 해결할 수 있는 방법 찾기에 난 강하게 만든다.

그런다고 너무 많이. 생각이 안하기에 다른 방법 찾는게 난 심리적 신체적 건강하다고 생각한다.

통체하는 일하기

회복력이 되는거 좋은 영향 주는 것 바로 나를 찾아가는것

통제할때 좋을지 선택 누구나 가능하다.

못하는 현실보다 할 수 있는 일에 집중하는게

나부터 시작하면 가족들 주변사람에 대해서 불만를 버리게 되고 있는 그대로 받아들어서 괜찮다 위로가 될 수 있는 것이라고 노력해야 한다. 그래야 스트레스가 줄이고 혼자 있는 시간 갖게 것도 필요하다.

불안감

불안하는 일어나면서 그 원인 제거하는거라고 함

상실함

소중한 것 잊버릴때 물건이나 사랑하는 사람 없을때

(김경일 교수 말씀 유트브에서)

무의식

1. 자신의 언동이나 상태 따위를 스스로 깨닫지 못하는 일체의 작용
2. 불안을 일으키게 되는 억압된 감정 등

원시적 충돌이나. 따위를 포함하는 정신 영역을 이른다.
답답하다.
내에겐 주어진 시간 지나가고
지금 주인공이 괜찮아
시작했으니까 열리라
엄마는 꿈이 작가
글이 쓰고 공감 작가
말해줘

실천마음

첫째, 나란 사람이 어떤 사람인지 써보라
둘째, 일기 써라
셋째, 자신한테 선물해라
넷째, 나쁜 습관 고치기
다섯째, 나 자신한테 자세히 잘못한 거 있으면 사과해라
실천 하는 게 중요하다

독서

우연히 다가오면 나를 웃게 만들고 울게 겁이 쓸게 하고
가까이 다가가면 도망가고, 멀어지고 하루가 가고 지나가면
온통 책 생각뿐이죠!! 너무 좋아서 그냥 갈 수가 없네요
나를 바꿔버린 바로 독서

첫째는 나만 알 수는 메세지 만들어 보관하라
둘째는 한창 많이 읽고 내가 생각들 정리하기

셋째는 비교하기 예들이 상대방 글과 내 글 비교하면은 글를 완성도 안 나온다.

오늘 좋은 하루 최선 다하고
글 포기하지 않고
떠나라 책의 세계 세상으로
나는 책 모든 사람들 소통 창고라고 생각한다.
모든 사람들이 각자 생각들을 얘기하는 거
나는 나답게 대답하고 상대방은 상대방 답게 답한다.

참을성
어려움 해결하는 자세이다
견딜 수 있는 건 다 알고 있다는 것이 내 자신과 싸울때 나타내는 것이다.

잠재력
말해서 가능성 있는지 보는것 다양한 면서 탐색활동 통해 경험이라고 할수 있다.

지속력를 계속 실행할때 구체적으로 하는것 예들면 딸이 힘든 직업가려고 할때 동기유치하도록 목표 세워서 방향를 잡아주는게 필요하다 내가 바로 글 쓰기로 말보다는 행동으로 보여주려고 한다.

계획
혼자 하거나 집단 계획 잡아서 하는 것
딸아 혼자서 알아보고 진로를 위해서 학교의 대안 해주는니깐
혼자서 계획를 잡고 말해줘서

엄마가 기특하기도 하고 나보다 미래를 설계도 하는 모습이 컸구나 생각이 들었어

차근차근 하나씩 앞으로 나가는 응원할께. 실수해도 다시 수정하는 너 보면 용기가 대단해

지름길

지름길이란

멀고 아니고 짧게 목표 향해 걸어가는거라고해

너가 나를 자극하게 하는 원심력이야

라이벌관계로써 조언해주고 그러니 내가

더 욕심내고 있어 딸아 정말 고마워

다시 하면 되 라고 말해줘서

친구

친구는 가깝게 오래 사귀어 정이 두터운 사람을 말는 것

딸아, 너랑 나랑 친구 같아. 속상, 기쁨, 슬픔, 그 밖에도 공유하니까 엄마는 그런게 느껴져 딸아 어때? 천천히 말해주면 좋겠다. 그래야 들을 준비가 될거든 딸아 말했는데. 자꾸 딴 건 하면서 얘기 듣고 있어라고 했었어

용돈

개인적으로 자유롭게 쓰는 것

엄마 나 이번에 책 구입했어 5권이야

가격은 얼마돼?? 6 만원이고 그래

그런구나 잘 했어!! 아끼고 쓸거야?

걱정말라줘 내가 쓸건데

자존감

기본적인 정의 나를 어떻게 평가하는가

세가지 있는가 없는가 봐야 된다.

1. 자기 효능감은 자신이 얼마나 쓸 수 있는가 사회에서 알아주는가
2. 직장에서 능력을 인정 받는가 자존감이 달아진다.
3. 자기조절은 자기 마음대로 하고 싶는 본능이다 충족돼야 된다.
4. 예들어 자유롭게 자라는 사람보다 업악받고 자라는 사람이 자기 조절이 더 떨어진다.
5. 자기 안전감은 자존감의 바탕이 된다. 가진 것 별로 많지 않아도 삶이 만족하거나 하고 싶는것 하는 사람들에게 나타난다.

솔직한 감정

내가 너무 답답하다

내에겐 주어진 시간보다 빨리 지나가고

지금 주인공이 아니면 어때 괜찮아

시작했으니까 열리라

엄마는 꿈이 작가

글이 쓰고 공감 작가

말해줘

사춘기

2차성징이 형성되는 성인이 되어가는 과정을 말한다.

감정 및 신체적 변화 산통이라고 한다 다시 말해서 고통 겪는다.

누구나 겪는 과정인데 내가 먼 미래까지 걱정하나 싶네

인터넷 찾아보고 하니깐 그 과정 통해 성장하는 라고 설명하니까
딸이 부탁한 것들만 알아 보자. 내년에 딸 미래가는 과정 위해선
더 좋은 선택해서 도와주자

편견

편견(偏見, prejudice)은 '공정하지 못하고 한쪽으로 치우친 생각, 그러한 생각으로 인해 상대에 공감하지 못하는 태도'를 의미하며, 고정관념(固定觀念) 또는 영어로 스테레오타입(stereotype)은 '잘 변하지 아니하는, 행동을 주로 결정하는 확고한 의식'이나 '관념이나 어떤 집단의 사람들에 대한 단순하고 지나치게 일반화된 생각'을 가리킨다.

인터넷 나온 가져옴

사람들이나 편한쪽 듣고 판난하는 것이 생각이나 행동으로 보였는 관점이 예들면 학력이 낮으면 무시하고 학력이 더 높여야만 된다고 생각한다

딸아! 엄마도 그런 비슷한 편견당했어

편견 당한 적있었어. 딸 가지고 낳고 난후에도 주변사람들이 어떻게 키우라고 하면서 친적들에겐 맡기라고 들었어. 나도 할수 있는데 지켜보라고 소리치고 나왔다 내가 장애가지고 있다는 이유로 그런게 얘기하는건 편견이고 평등하지도 않다고 생각이 들었고 그때 힘들고 서웠던 그때 그랬어 니가 벌써 내년에 중학생구나! 꿈이 웹툰작가 엄마가 요즘에 글 쓰면서 작가 되는 힘들고 외로울 길구나. 아이가 길 가는 과정이 쉽진 않을 것이라고 이해 할 수 있어.

나를 인정하기

다르다

첫째 다르다고 인정하기

둘 틀려도 괜찮아

셋 공감하되 자기 일 스스로 할때까지 기다리기

넷서로 입장이 괜찮을지 물어보고 애기하기

다섯 정리하면서 오늘도 수고 많았어 나한테 위로하기

사람의 공통점

사람들이 공통점

혼자 태어나고 세월따라 죽는다.

24시간 같이 갖는다.

공감 할 수 있다.

혼자서 살 수 없고 같이 도움 받고 살 수 있다.

배운거 잘 활용 하는어떨까? 본인 스스로 하는거라서 결과도 다르다. 따라서 내가 성공이나 실패는 하기엔 달라질 수 있다.

습관, 계획

계획이 세운 이루기 위해선 몸 관리가 먼저이다.

나는 그런건 매일 느끼고 생활한다.

대화할때 다른 볼일봐도 컨디션이따라서 달라질기 때문에

나는 지금도 어떻게도 잠를 많이 자면 될까? 아니면 짧게 ?

나한테 맞는거 선택하면 되 누군가에게 별로야 라고해도 잠이 필요하다. 따뜻한 말과 좋은 시간 누구랑 보내는지 아니면 나를 위해서 뭐 했을까?

공감

누구나 공감하며 타인의 삶을 들어 주는 것

예들면 딸이가 마음에 걸린 애가해줘서

엄마로써 모르고 있던 것들 알게 되고 힘들어서

울고 안아주고 대답해줘서 고마웠어
엄마의 일상 생활

강의실

오늘 하루 보냈니??
엄마는 수업하는 날
내가 준비하는게 되도록 잘하고 있을까? 특별한 이유가 뭘까 ?
카페 글 올린 내용들이
나보다 잘 설명이 되어 있고
나누어서 되어서 있어서
부답이 리 되기 시작이 되네!!

산책

우리 동네 숨터라고 썼네
내 마음 어떻게 알고 남겨주고 갈까 공감이 된다.
스트레스해소 다르고 사람들 관계도 경험이 통해서 이룰 것
그런 수 있고 아닐 수 있고
곧 나갈거야 !

영화관

오늘 영화 나온 이유
집앞에 공사해서 해서 시끄러운 소리때문이야
피노키오 보라고 표 10분이면
들어 갈 수 있었어
아무도 없는공간에 엄마가 주인공같았어. 영화보고 예술회관에서 근처

중고 서점 알라딘에서 책 한권 사고 집에 왔다.

내가 아는 피노키오 다른 매력으로 해석 해서 만든 영화인라고 느꼈어. 책은 모르는 적 책은 아직 안 읽어봐서 모르지만 읽을면 답해줄게.

잔소리

어서 일어나 지각해 ,

서로가 많이 말은 사랑해, 기다려,

빨리해, 학원가라.

또 그런지 정말

I fell for a while now, but i'm going to get up

난 지금 잠깐 넘어졌지만 다시 일어날거야

The best moment suddenly comes

최고의 순간은 갑자기 찾아오는 거야.

Life is a journey to be experienced, not a problem to be solved.

삶은 풀어야할 문제가 아니고 경험해야하는 여행이야.

(디즈니 부분에서)

딸아 말을 해주고 싶은 말

딸이랑 일상적 대화

책구입

딸이 구입한 책들이 왔다 캐릭터 그리기 관한 책들이

나: 집에벌써 10 권이야. 잔소리하면

딸: 다 필요해서 살거야 왜구래?

나: 엄마가 보니까 그런지 좀 용돈 아껴 써야 돼

딸: 나도 용돈 관리하고 계획해서 쓸거야 모르면 가만히 있어

나: 이쁘게 말 좀 해라

딸: 엄마 벌써 실천 좀 해 나만 뭐라고 하지 말고

간식

오늘 딸이랑 낮에 싸워서 화해하려고 내 먼저 손으로 집근처 있는 카페 아이랑 나랑 각자 먹을 골라서 앉아 얘기 나누고 그랬다.

딸: 엄마는 항상 커피만 먹는거야 ?? 나는 이해가 안되

나: 달달한 디저트만 먹냐? 나도 그래.

딸: 쓴 커피가 좋아 ?

나: 그래 좋아 스트레스 풀게 서로 다르고 그런거지 뭐

딸: 다른 방법있어 왜그래

나: 엄마는 글 쓰면서 나를 보고 있어 너무 좋아

딸: 먼 미래엔 유명한 작가 되는 꿈위해서 내가 계획대로 가는중이야. 내 노력를 뭐라고 하지 말아줘

나: 알겠어. 나도 지금 하고 있어 서로 다른 길 가지만 그래도 작가는 꿈은 같다

딸: 맞네 나도 응원할게 화이팅!!

나: 그만 집에 가자

외돌이

딸이 친구들이랑 연락하지도 않고 볼일있을때만 나가고 있는 딸

걱정되어 물어봤지
나: 방학인데 친구들 안 만나 ?
딸: 친구들은 방학해도 쉬는게 아니라고 해 학원가야 된다고 말이야.
못 만날거야
나: 학교 가기가 싫다고 하니까 물어 볼거야
딸: 그냥 친구들이랑 어울릴때 잘 안 되
나: 무슨 일 있어?
딸: 친한 친구들이 각자 다른 반으로 배정되어서 올해는 없어 그전에 친한 애들을 자기끼리만
놀려고 하니깐 낄 수가 없어 ㅜ
나: 속상하겠다. 어떻게 해야 될까?
딸: 중학교에 일반학교 안 가고 내 꿈 위해서 노력한다고 했잖아
나: 알아보고 있어 기다려봐라
딸: 알겠어

태풍이 온다.
딸: 태풍이 온다고 문자 왔어 준비해야 될거 같애
나: 어떻게 대비해야 되는데 ?
딸: 인터넷 찾아보고 말해줄게
나: 알겠어 !
딸: 예전에 넘버원 나온 것 영상 있어 같이 보자
나: 응 테이프 창문 물칠고 코팅하면서 유리 깨지도 안전하다고 하네
딸: 그래 나눠서 각자하자
나: 코딩할께 테이프 좀 해줘
딸: 응

삼겹살 김치볶음

딸: 엄마 저녁때 삼겹살 김치볶음 오랜만에 먹고 싶어 해주면 안되?

나: 그래 가게가서 재료를 사올게 설거지 좀 해놓고 있어

딸: 응 그럴게

나: (가게로 걸어가는 중) 가격보고 비싸고 비싸서 대신 살겹살보다는 대패 살겹살 변경하고 집에 왔다.

딸: 왔어 맛있게 해줘

나: 설거지 안하고 있어? 부탁했더니

딸: 지금 하면 되지 뭐

나: 재료 꺼내놓고 냄비를 기름를 놓고 삼겹살 먼저 볶아고 난후에 김치 나중엔 놓고 함께 볶아서 1시 정도 했어

딸: 맛있겠다. 간 봐도 돼?

나: 그래 어때?

딸: 맛이 있네 밥이랑 가져가서 먹을께 고마워

나: 맛있게 먹어. 그 대신 뒤 정리해줘

딸: 헉! 진짜

나: 공짜가 없있니? 싫으면 먹지 말라고

딸: 한다고 먹기 위해

나: 부탁해! 빠이

게임

나: 뭔하는지 대답이 늦게해?

딸: 게임하는라고

나: 어떤 게임인데 ?

딸: 엄마는 말해도 모르지

나: 나도 알아 왜그래?

딸: 구래 모험 떠나는 게임이야

나: 나도 해볼래

딸: 다운로드 해줄게 해봐

나: 조작한 것이 조금 어려워 휴~~~

딸: 가르쳐 줄게 잘 봐

나: 알려주니까 조금 낫네

딸: 잘 해서 레버 올리면 같이 할 수 있어

나: 노력할게

치킨

딸: 엄마 점심때 치킨 먹고 싶어 시커면 안 될까?

나: 밥 먹으면 되지

딸: 다른 것 먹고 싶어서 그래

나: 그럼 용돈으로 먹어라

딸: 다른 것 사야 되

나: 그렇게 먹고 싶다면 엄마가 하라는 것들 먼저 하고 부탁해라 !

딸: 뭔데 ?

나: 집안일 협상한 거야 안 해잖아

딸: 알겠어 지금 바로 할게

딸: 했어 확인해봐

나: 했네. 약속대로 시켜줄게

딸: 야호!

선언하는 딸

웹툰작가

웹(온라인)에서 보여주기 위해 그린 만화. 출판된 만화를 스캔하여 보여주는 '뷰어', '스캔 만화'와는 다른 개념이다.(설명나온 가져옴)

다시 말해서 웹툰은 '한국에서 만들어진 용어로 컴퓨터와 스마트폰을 통해 보는 디지털 형식의 만화'라는 뜻을 가지고 있습니다. 인터넷 페이지를 의미하는 영어 단어 Web(웹)과 만화를 뜻하는 Cartoon(카툰)이 합쳐져서 만들어진 단어입니다.

(인터넷 에서 부분 내용)

딸이 직접 그리는 그림이다 돈이 문제이다. 지원해주는지 모르지만 힘다해서 꿈 포기하지 않도록 주려고 해

우리딸이 가지고는 웹툰만화책들이 많고. 직접 보고 아니면 인터넷 찾아서 구입하면서 참고하거나 소재 같은걸로 참고하는 모습이 좋아

선언하는 딸

내년 중학교 일반학교 안 갈래

나 두개 중에 검정고시. 대안학교 중에서 선택할거야

내가 바라는 꿈을 "시간을 가지고 생각했어 존중해줘"

갑자기 선언해버린 딸 당황스럽고 혼란스러워서

말도 못하고 그날 멍 때리고 있었다

어떻게 해야 되나? 고민이야

검정고시

대한민국의 검정고시(檢定考試)는 초중등교육법과 고등교육법에 의한 중·고등학교 및 대학의 입학자격과 그 자격에 필요한 지식·학력·기술의 유무를 검정하기 위해 실시하는 국가고시다. 대안 학교

대안학교

초·중등교육법 제27조의2(학력인정 시험) ① 제2조에 따른 학교의 교육과정을 마치지 아니한 사람은 대통령령으로 정하는 시험에 합격하여 초등학교, 중학교 또는 고등학교를 졸업한 사람과 동등한 학력을 인정, 받을 수 있다.

인터넷 내용 가져옴

나: 딸 두개 중에서 가고 싶다고 했지 ?
알아보고 있어 기다려
딸: 응 빨리 해줘
나: 응 지금 부터 할게

엄마의 편지

구독자

자기 꿈 가지고 준비하는 딸에게

엄마는 너를 지켜보고 노력하는 모습이 기특하기도하면서 안타까운 마음이 들어.

힘들 길 걸어가는것 알고 그래도 계속간다면 엄마인기 전에 한사람으로써 너를 지켜볼께.

너도 엄마가 글 완성해서 보여달라고 했지?
다시 처음부터 쓰고 고치려고 노력중이야
서로가 응원함을 더 많이 도와주면서 각자 구독자로써 말이야
너도 너무 힘들어 하지마 쉬어가면서 해 알았지?
그리고 사랑해 딸아

너에게 첫째 구독자 엄마로써

인생의 길
어디로 가는 걸까?
지금가고 있는 길이 맞을까?
어디로 가야 될까?

찾고 확인해보고 그래도 모른다
자기 선택권 따라 좌우한 길
죽으면 알 수 있을까?

딸아 자기만의 길 찾아서 가는거야?
엄마 이제 꿈 꾸고 준비하는데 말이야
너는 초등학교 때부터 지금까지 작가라고 해서
그만 두어라고 엄마생각했는데 포기 안하고 계속 할거라고해서
너보고 엄마도 인생의 삶 다시 설계도 하려고해
　너가 엄마 지름길

용기

달리는 열차를 타듯 앞만 보고 걸어온 나
항상 내가 어디로 가는지 알고 있다고 네 애기를 듣고 깨닫게 되었지
난 사실 매 순간을 놓치고 있었던 거야너가 '하나로'가 되어준다면,
난 네 뒤를 지키는 엄마될게

그러니 그 마음이 진심이라면
내게 알려주겠니
내 인생의 주인공이 되어도 좋아

너와 나, 우린 함께 가는 거야
작가라는 꿈
너무나 기대가되지?
왜 이제야 알았을까?
너무나 완벽해
난 여기 있을께. 너만을 기다리고 있어

그러니 그 마음이 진심이라면
딸아. 내게 말해주겠니
내 인생의 주인공이 되어도 좋아
그 마음이 진심이라면 알려주겠니
내 인생의 주인공이 되어도 좋아

아름답게 빛나
영원토록 영원히
넌 작가 글 보면서 내 마음을 훔쳐버렸어

그 마음이 진심이라면

내게 알려주겠니

내 인생의 주인공이 되어도 좋아

그 마음이 진심이라면

(네 애기를 듣고. 깨닫게 되었지)

알려주겠니

(난 사실 매 순간을 놓치고 있었던 거야)

딸아 용기 주고 싶어서 어떤 노래 가사 수정해서 쓸거야

엄마 마음

처음엔. 적극적 아이 였어 지금 소극적으로 변해가는 너

너도 느낄거야 외톨이 처럼 집에 만 있는 너

걱정이 되 하루 하루 엄마

가끔 두렵고 겁이 날때 생각보다 현실이 속상하고 아플때 엄마 너 소중한 존재야 그러니깐 니까 기댈 수 있는 존재이면 좋겠어

정말 너라는 존채가 말이지 엄마한테는

너란 존재만으로도 힘이 되는 것

너와 함께라면 엄마 자신 있어

모든 일 할 수 있어

가끔씩 넘어져도 둘이 잖아 너는 나만의

오직 구독자인걸 사랑해

밤엔 작은 별 큰 별

밤하늘엔 저 별은 보면 빛나는 별
그리운 시절엔 마음이 닿을까 곱게 반짝이 별
어디든 아픈든 작은 별
지금 빛이 잊어버려고 작은 별
단 한 순간에 가능성 알아 버리는 큰 별
이 까만 밤을 빛이 날때 환해 질거야
이 밤 두손 모아 큰 별 기도해
작은 별이 빛으로 나오길 소망해
간절한 마음이 작은 별 마음에 닿으면
반짝이는 작은별 닿기를

표현할 존재

내가 너를 사랑하니까 너를 자꾸 조언도 하는엄마를
귀찮아 존재로 생각하는 너
엄마들이 많이 보고 기다린 자세가 어려워서 그래
나도 노력해도 잘 안되 기다림자세 말이야 .
항상 고맙고 미안해

가족이란

울타리 거리

가족 어떤 울타리일까?
누구도 모르고 나도 모르게
따뜻한 울타릴 역할일까?
나를 노력하는 걸까?
아이의 길 동반자 될까?

아직도 가야 되는 길
좋은 부모 숙체인가?

누군가의 조언

내가 너를 조언해주지만
나도 배우면서 하는건데
너무 뭐라고 하지 말아줘
엄마뿐이아니고 주변사람들에게 받을 수 있어 ㅋ
니가 참고하는 거라고 생각하고
옳을 선택하는 거라고 생각해
엄마이기전에 한사람을로써 걱정이 되는 거야 이해달라고 하지 않을게

나는 글쓰기로 설렌다 출간 기획서

배 희 준

강남 사람, 송북 사람

강남 30년, 인천 10년 살기

도서 제목 및 부제 (가칭)

- 강남 30년, 인천 10년 살기
- 나누는 사람들, 나누기하는 사람들
- 강남 밖으로 나와보니 알게 된 것들

저자 소개

배희준

대학에서 신문방송학을 공부하다가, 설득 커뮤니케이션에 매료되어 유학을 결심한다. 미국 유학이 유일한 인생 목표였지만, 가정경제 폭락이 오히려 인생을 깊이 있게 만든다. 청담어학원 공채 1기 영어교육회사, 영어책 멘토, 글쓰기 프리랜서의 경력이 버무려져 현재 즐거운 일을 하는 중이다. 책과 영화로 얻고 알게 된 내용을 일상에 적용하는 일이 즐겁고, 아이들 연필 끄적이는 소리가 가득 찬 공간에서 대부분 시간을 보낸다.

서울 강남에서 30년을 살았고, 인천에서 10년을 살아보니 안 보이던 것들이 보였다. 인천에 살아온 사람은 놓치는 신선한 눈으로 본 인천의 매력을 조용히 소문내는 중이다.

예순이 되어서야 한식 조리사가 된 엄마의 뒷모습이 가장 큰 응원이었고, 용기였다. 강남 사모님의 엄마는 나의 부자 친구였고, 한식 조리사 엄마는 최고로 맛있는 안주를 만들어주는 술친구이다. 나도 아이에게 편한 술친구이자 멘토가 되는 것이 내 인생 마지막 목표이다.

heejoonbae@naver.com

주요 독자

- 이웃이 피곤한 신도시 주민
- 2배속 가성비 인생이 고단한 학부모

• 나눔(share)보다 나누기(segregation)가 익숙한 MZ세대

기획의 특징 및 차별성

본 책과 비교할만한 책들

도서 제목	저자	출판사/출간년도	내용(컨셉)
강남은 거대한 정신 병동이다	김정일	지식공작소/2023	강남에서 진료하는 정신과 의학박사가 바라본 강남의 삶을 통해 진단과 처방
영화를 빨리 감기로 보는 사람들	이나다 도요시	현대지성/2022	가성비를 중시하는 시대에 나타나는 현상을 글감별로 간략하게 정리
마흔을 앓다가 나를 알았다	한혜진	체인지업북스/2020	'책쓰천(독서,글쓰기,실천)' 컨셉으로 여성 타겟의 에세이

• [참신성] 강남과 인천에서 살아본 경험을 담았다.

✔ 인천의 문화를 통해 분석한 인천시민의 역할을 정리해보았다.

✔ 강남 사람은 모르는 강남 스타일, 인천 사람은 모르는 인천 스타일을 비교했다.

• [구체성] 학부모와 학생들을 만나는 직업에서 얻은 생생한 사례가 있다.

✔ 자녀들이 요점만 말해달라는 이유

✔ 학부모가 지름길을 사주는 이유

• [차별성] 구분짓기 좋아하는 사람들 속에서 살아남는 법을 제시한다.

✔ 구분짓기를 좋아하는 사회에서 살아남기

✔ 줄세우기를 좋아하는 사회에서 내 아이 구하기

Contents

제2장 가성비 도시에서 느리게 살아보기

비명 지르며 질러버린 신도시 아파트

거대한 인천은 지붕 없는 박물관

초등학교를 품은 아파트가 중요한 사람들

신도시 유치원비가 150만원 더 비싼 이유

실패할 시간이 없는 아이들

리뷰 영상을 2배속으로 보는 우리

낭비하면 안 되는 돈, 시간, 노력

카페에 모이는 엄마들, 거기 어때

제3장 아이가 나보다 낫다.

어디서도 빛이 나는 아이들의 공통점

'엄마'의 2행시가 바꾼 엄마표 공부

시청은 줄이고 견문을 넓히면 생기는 일들

소질은 없지만, 미술가가 되고 싶은 딸에게

오독도 독서니까 괜찮아

시험은 아는 것과 모르는 것을 나누는 채반일 뿐이야.

속도를 내야 할까 차근차근 밟아도 될까?

목등뼈에 들러붙은 가래떡 종양이 남긴 것

서문 및 샘플 원고: 다음 페이지에 첨부

Introduction

간지나는 짝퉁은 없다

어른이 되면 여러 가지 역할과 책임을 떠안는다. 여전히 부모님의 자녀이고, 민주시민으로, 직업인으로 살다가 누군가의 반려자가 되면서 부모가 되기도 한다. 이 모든 역할을 잘 해내는데 필요한 자질은 '속까지 괜찮은 사람'이어야 한다는 것을 알게 되었다.

고층 아파트에서 지하 주차장까지 내려갈 때 괜찮은 사람이 되기는 생각만큼 쉽지 않다. 버튼만 누르면 된다고 생각하면 큰 오산이다. 승강기는 나의 얕은 인내심을 드러내려는 듯 꼭대기 층까지 훅 미끄러져 치솟는 경우가 종종 있다. 금세 내려오나 싶었는데 층마다 걸리는 숫자들을 보면, 택배 기사님이 승객인 경우가 대부분이다. 화장하고 말끔한 옷을 차려입고 우아하게 자동차 열쇠를 쥐고 달려 나갈 자세로 승강기를 기다리는 중이다. 승강기 문이 열리자 나의 세모눈이 아저씨의 손수레를 쏘아 본다. 아저씨는 죄송하다며 나에게 인사를 해주었고, 갑자기 부끄러워진 나는 세모눈이 타원형이 되기도 전에 어색한 웃음으로 닫힘 버튼을 누른다. 다음으로 탑승하는 주민들도 세모눈으로 탔다가, 아저씨의 인사에 나와 같은 표정을 재현하며 어색한 공기가 흐른다. 네모난 승강기 속 세모눈들은 모두는 택배 아저씨한테 졌다. '아저씨 손수레 정말 간지나요.'

누구나 스마트폰을 들고 있기에 간혹 책 읽는 사람에게 멋이 흐른다.

수험생 인생이 끝나고 대학생이 되자 책을 읽고 싶어져 대형 서점에 들른 적이 있다. 수백 평 서점의 평대에는 그 당시 유행인 자기계발서들이 무척 많았다. 책들의 제목은 대량생산한 듯 거의 비슷했다. '죽기 전에 꼭 해야 할 몇 가지'라는 책 제목들이 10대부터 40대까지 잘게 나뉘어 있었다. 이제는 즐거운 독서가 해보고 싶었는데, 또다시 국영수를 해야 하는 것 같아 서점을 빠져나왔다. 그렇게 집으로 돌아와서도 미련이 남아 나의 일촌들은 무슨 책을 읽는지 구경하고 있었다. 일촌들도 내가 아까 본 자기계발서 중 한 권씩은 읽고 있어 보였다. 그중 나의 일촌이 올린 한 장의 사진은 나에게 맥주 탄산이다. 서점에서 본 책들의 표지들만 편집한 사진 한 장과, 이 한마디가 적혀 있었다. "x발, 좀 쉬자!"

나의 고객은 학생들과 학부모이다. 돈 많은 백수가 꿈인 초등학생들은 나에게 빨리 감기나 대신 책을 읽고 줄거리만 말해주는 리뷰 영상처럼 수업을 해달란다. 가끔은 '자살'이란 말이 자꾸 떠오르면 누구한테 말해야 하냐고 묻는 중학생도 있다. 그저 공부가 싫은 아이들의 어리광으로 흘려듣기에는 마음이 편하지 않다. 혹시 아이들 속마음도 'x발, 좀 쉬자!'일까.

지혜로운 아내로 살기와 체중감량 중 어느 것이 어려울까. 나의 휴대전화 주소록은 실명과 별명을 섞어 저장해둔다. 남편은 '나무'라고 저장했는데, 애인이었을 때는 다 받아주는 바다 같아서 '바다'라고 저장했었다. 이제는 남편이 되었으니 모든 여자를 다 받아주는 바다가 될까봐 한 곳에 뿌리내리는 '나무'로 수정했다. 나의 나무를 만나기 전까지만 해도 나의 신혼집 기준은 내가 살던 집이었다. 화장실은 가족 수만큼 있어야 하며, 겨울에도 대리석 바닥을 맨발로 다닐 수 있는 벽난로가 있는 그 집이 출발선이어야만 덜 불안했다. 한번 그 곳을 벗어나면 다시는 올라오지 못할 것을 자연스레 깨달았는지도 모른다. 그렇게 테트리스를 하듯 모든 행복의 조각들을 틀에 맞게 끼워 맞추는데 급급한 나에게 그가 한 청혼은 싱싱한

폭탄 같았다. 생화도 아닌 화관을 내 머리에 얹으며, 부족한 사람과 평생 같이 지낼 수 있겠는지만 물었다. 그 당시 우리는 서로를 깊이 알아보기 위해 결혼예비학교에 출석하고 있었는데, 과제로 제출했던 그의 급여 명세서에 온 신경이 쏠리던 시기였다. 그의 직장은 인천에 있었고, 인천에는 월미도 디스코팡팡이 있으니 낭만적인 곳에서 사는 남자이니 숫자는 숫자 일뿐이라고 그렇게 넘어갔다. 여보, 그날 당신의 청혼은 서운하게 가성비가 좋았어요.

꽃은 쉽게 피어나지 않듯이 혹독한 비바람이 나를 덮쳤다. 이유식 재료를 사러 나가려고 셔츠 단추를 채우는데 손이 마비되었고, 응급실에서 MRI 결과 사진으로 보았다. 뒷목뼈에 가래떡 하나가 떡 하니 붙어있었다. 의사는 급히 수술동의서의 상반신 그림을 검은 줄로 주욱 가르면서 그만큼 피부감각이 없어질 수도 있다는 설명부터 했다. 이제는 나와 남편이 서명할 차례였는데, 볼펜이 손가락 사이를 빠져나가 몇 번을 놓쳤다. 반쪽짜리 상반신 그림도 어색해 미치겠는데, 다음 달이 바로 딸의 돌잔치인데, 정상적으로 아이를 안을 수 있을지도 모르니 막막했다. 절반의 감각으로 온전한 행복이 가능할지 의문이었다. 13㎝나 되는 종양이 제거되면 남은 감각이라도 들고 겸손하게 살아가는 모습이 누군가에게 힘이 될 수도 있겠지만, 왜 하필 그 역할이 나여야 하는지 알 수 없었다. 하지만 수술 당일 아침, 안치소 시신처럼 스테인리스 판 위에 누워서 혼자 중얼거린 유언같은 소원이 뱉어져 나왔다. 생화를 냉동 후 해동해도 여전히 꽃이지만 예전의 생화와 같을 수 없는 나였다. 그저 소원은 '어떻게든 좋으니 좀 더 살고 싶다'였다. 회복 후 딸에게 '아낌없이 주는 나무(쉘 실버스틴 작품)'를 읽어주다가 엉엉 울었다. 이야기 마지막 부분에 나무 밑동과 키가 작은 꽃 한 송이가 전부인 곳에 나이가 든 소년이 졸고 있는 그림이 있다. 마치 나와 남편, 딸을 보는 듯한 마음에 그렇게 눈물이 터졌는지도 모른다.

여전히 난 회복 중이지만, 난 여유로움을 얻었고 더 멋져지는 과정을 밟고 있다. 죽음은 노인이 돼야 찾아올 줄 알았던 오해는 풀렸다. 언제나 내 주위를 돌고 있고, 갑자기 내 팔목을 잡아끌면서 '그때 한번 기회 줬잖아?' 라며 단호한 죽음이 올지도 모른다. 그래서 손에 또다시 마비가 오기 전에 덜 간지나지만 내 인생을 손글씨로 정돈해보고 싶어졌다. 그러면 지금의 40대를 좀 더 풍부하게 살아갈 수 있는 준비물이 하나도 생긴 것 같지 않을까. '내인생 첫 책'은 나아감이 필요한 누군가에게 운동화 같은 책이 되어주길 감히 소망해 본다.

강남엄마의 영어교육 비법 두 가지

강남 8학군의 유난스러움은 1980년대에 이미 초등학교 3학년부터 영어 수업을 하는것부터 시작된다. 조기교육이라는 말이 번지기도 전에 강남 엄마들은 영어조기교육을 몸소 실천하기 시작했다. 우리 학교는 영어 수업이 가능한 학부모의 주1회 봉사를 바라는 가정통신문을 배부했다. 그런 공지는, 예비 초등 엄마들을 어수선하게 만들었다. 주산, 피아노, 가야금, 미술, 한자, 16비트 컴퓨터, 수영 학원들만 다니던 나에게도 영어학원이 추가되는 순간이 다가오고 있었다. 발 빠른 어느 출판사가 미국의 '뽀뽀뽀'라며 세서미스트리트 비디오테이프를 영어자막을 담은 교재와 묶어 판매하고 있었다. 그렇게 시작된 나의 영어 공부는 6살부터 시작되었다. 수십개의 비디오테이프와 수십 권의 책들이 배달되었고, 일주일에 한 번은 영어 선생님이 집으로 오셔서 나에게 영어로만 말하다가 가셨다. 그때 나는 아이컨택만 잘해도 관계가 어색해지지는 않는다는 것을 알게 되었다.

얼떨결에 영어전집과 수업료를 뺏기듯 낸 아빠는 벌써 무슨 영어냐며 엄마를 나무랐고, 엄마의 불안한 눈빛은 오히려 나에게 학습 동기가 되어 주었다. 나는 엄마에게 힘을 주기 위해 아빠 퇴근 시간에 맞추어 열심히 영어 소리를 흉내를 냈고, 그 방법이 지금의 영어낭독법 같은 거였으니 꽤 효과는 있었을 것이다.

그러다 내가 드디어 반 친구의 엄마가 영어 선생님으로 오셨는데, 내 짝꿍의 엄마였다. 평소 머리 맵시부터 학용품까지 뭔가 미국 냄새가 났던 그 남자아이는 엄마가 너무 창피하다며 책상에 이마를 붙인 채로 시간을 견뎠다. 영어 선생님은 그런 아들이 신경이 쓰이는지 옆에 있던 나를 수업 시간에 자주 지목하셨다. 나는 짝꿍 덕분에 단어 읽는 기회가 많이 왔고, 가끔 칭찬도 받을 수 있었다.

내가 대학을 졸업할 즈음에는 대한민국에 영어교육 열풍이 최고조였고, 강남을 시작으로 고액의 영어유치원들이 하나둘씩 생겨났다. 나는 신문방송학을 전공했지만, 언론고시보다는 어학 점수들을 모아서 영어교육 회사에 취업하기가 더 쉬웠다. 캘리포니아에서 한 어학연수는 면접관들이 언제나 짚고 넘어가는 질문이었다. 어학연수는 아빠의 두 번째 박해였는데, 영어교육에 대한 엄마의 두 번째 판단 역시 옳았다. 여기까지만 보면, 영어교육 효과를 보기 위해서는 적지 않은 시간과 비용을 투자해야 하는 것처럼 보일지도 모른다. 하지만, 정작 나의 실력을 올려준 영어 공부의 비법은 따로 있다.

첫 번째 비법은 엄마의 '엄만 영어를 모르잖아'라는 태도이다. 엄마는 영어를 전혀 모른다고 하니까 엄마 앞에서 마음껏 아무 소리나 지껄여도 칭찬을 하셨고, 잔소리는 물론 없었고, 그저 세서미스트리트 비디오테이프만 틀어놓아도 기특해하셨다. 그런 엄마의 응원과 지지가 나의 영어지구력의 첫 번째 비법이다.

나의 영어 공부의 근력을 길러준 두 번째 비법은 미국 쇼핑몰에서 찾았다. 가이드 아저씨에게 아빠를 맡기고, 엄마는 10살인 나와 신발가게로 향했다. 가이드 아저씨가 말해준 대로 미국에서 엄마 발 사이즈는 6이라는 것을 달달 외우며 상점에 함께 들어갔다. 마음에 드는 신발을 손가락으로 가리키며 6으로 달라고 했지만, 막상 신어보니 엄마에게 너무 꼭 맞았다. 우리 표정을 살핀 점원은 얼른 신발 사이즈 7을 가져다주었지만 이번에는 너무 컸다. 그때부터는 나도 아는 영어단어도 없었고 한계를 느끼자, 엄마만 말똥말똥

쳐다보았다. 그런 나를 답답해하거나 혼내기는커녕 엄마는 점원에게 영어로 설명하기 시작했다. "(6사이즈 신발을 들어올리며) 디쓰 싸이즈 / (7사이즈 신발을 들어올리며) 디쓰 싸이즈 / (손바닥을 세워 양쪽 신발 사이허공을 가르며) 디스 중간싸이즈, 오케?"

그렇게 엄마는 나에게 영어는 기세라는 것을 몸소 가르쳐주고 계셨다. 알파벳밖에 모른다던 엄마의 겸손함은 버렸는지, 확신으로 가득 찬 엄마의 말과 당당한 아이컨택은 점원이 6.5 사이즈의 신발을 가져오도록 만들었다. 그날부터 우리 모녀는 가이드 아저씨 없이 신나게 쇼핑몰을 휘젓고 다니게 되었다.

어릴 적엔 엄마의 응원과 지지 덕분에 내가 영어 공부를 신나게 할 수 있었고, 실전에서 내가 자신 없어 할 때는 태권도 사범님처럼 박력 넘치는 영어를 터뜨리는 엄마의 기세 덕분에 난 여전히 영어 공부를 즐겁게 할 수 있는 사회인이 되었다. 열혈 강남 엄마의 영어조기교육 같아 보이지만, 자세히 들여다보면 엄마의 교육비법은 이 두 가지가 전부이다. 영어를 모르니 진심으로 겸손한 태도와 당당함이 전부였다. 알파세대를 키우는 내가 딸아이를 영어유치원도 영어학원도 보내지 않아도 편안할 수 있는 이유는 바로 우리 엄마의 두 가지 비법 덕분이다. 딸아, 꼭 기억하렴, 할머니의 신발 쇼핑 사건을. 영어는 기세야, 기세!

비명 지르며 질러버린 신도시 아파트

인천에는 서울도 있고 뉴욕도 있다. 우리나라에는 경기도 광주와 전라도 광주도 있고, 서울 논현동과 인천 논현동도 있다. 뉴욕에 센트럴 파크가 인천에도 있는데, 약간의 차이라면 뉴욕의 센트럴 파크는 나무가 무성하지만, 인천은 아직 그늘이 짧고 좁다. 뉴욕의 중앙공원이 머리숱 풍성한 청년의 모발이라면, 인천의 중앙공원은 베넷 머리로 뒤덮인 아기의 두피 같다.

서울에서 인천 송도로 이사 왔을 때 내가 살던 곳과 닮았기 때문에 좋았다. 넓은 도로에 들러붙어 다니는 수퍼카들과 석촌호수 같은 센트럴 파크는 반가웠다. 삼성동 무역센터 같은 빌딩도 있고, 각종 프랜차이즈 카페와 음식점들이 즐비하여 테헤란로 같기도 했다. 11평 신혼집에서 인천 송도라면 서울에서 굳이 안 살아도 된다는 말을 남편에게 한 적이 있었다. 그날 뱉은 한마디가 우리 부부의 영혼까지 끌어오게 되었고, 원리금균등상환이라는 월간목표는 맞벌이 신혼부부의 일상에 큰 원동력으로 작용했다.

아파트 계약 전날 밤, 세 평 거실에 젓가락처럼 누운 나와 남편은 철없이 설레기만 했다. 아무리 맞벌이라지만 퇴사 전까지 갚을 수는 있겠냐며 미간을 찡그렸다가, 이제 아기와 외출해도 고철 떨어지는 소리에 애가 놀라지 않는 거냐며 좋다고 웃었다. 그저 집안에는 곰팡이 안생기고, 집 밖에는 지하철 레일 긁는 소리만 나지 않아도 좋겠다며 둘이 손을 잡았다. 아파트 계약당일, 친절한 공인중개사 아주머니는 입주할 아파트의 장점들을 정리해 주면서 확신을 주는가 싶더니, 한마디를 더하셨다. 여기 사람들이 센트럴 파크 근처는 송남이고 우리 아파트 구역을 송북으로 부르는 것만 신경 쓰지 않으면 된다는 조언이었다. 송남 송북이라면 설마 강남과 강북의 짝퉁인가 싶어 센트럴 파크를 다시 한번 떠올려봤다. 이런 말은 20년전에 대학교 신입생 환영회에서 들어보고 오랜만에 들은 말이라 신선했다. 아직 고3때 찐 살이 덕지덕지 붙어있고, 화장하는 법도 몰라 신경이 날카로웠던 때였다. 선배들은 우리에게 학번/이름/사는 곳으로 자기소개를 하라고 시켰고, 내 차례가 되어 소개를 마치자마자 들려온 말은 '올~강남~'뿐이었다. 다른 예쁜 동기들에게 하던 추가 질문은 없이 그냥 그게 전부였다. 그렇다고 하필 나만 동네 이름만 불러주고 끝나는건지 서운했다. 아직 촌스러운 때를 벗지 못한 내가 강남에 사냐고 확인하는 것 같기도 했고, 아무튼 눈빛들이 애매했다. 하필 가장 예민했던 그 시절 나에세 신입생 환영회는 짜증 그 잡채였다. 그런데 이곳에서 또다시 송남 송북을 듣게 되니, 이제는 그 의미를 조금은 알 것 같았다. 한강 북쪽이 강북이고, 한강 남쪽이 강남이라는 본래 의미만 생각하면 이곳 센트럴파크는 한강의 절반도 안되지만 그것이 전부는 아니리라. 20년 전이나 지금이나 여전히 우리는 '강남 사람'을 갈망하고 있고, 그 간절함이 만들어낸 신조어가 송북인 것 같았다.

10년째 신도시에 살아보니, 서울을 닮아서 선택한 이곳이 밋밋해 보이기 시작하더니 심지어 사람들까지도 비슷해 보이기 시작해 지루해진 시기가 있었다. 겨울이 되면 M사 점퍼들을 대부분 입고 있다가, 여름이 되면 H 모자를 다 함께 쓰고 다니는 걸 보니 이 도시가 좁은 건지 유행에 충실한 사람들이 유독 모여 있는지 알고 싶어졌다. H 모자는 1992년 호주 한 달 살기 할 때 생존 모자로 사서 너무 질겨 엄마가 지금까지도 쓰시는 모자일 뿐이다. 지금 2023년 이곳 사람들이 다같이 쓰고 다니는 것 있는 것이

'밈'인가 싶었다.

강남에 살 때는 '강남스타일'이란 말을 쓴 적이 없다. 동네에서 오렌지족들을 보며 그들의 통 넓은 청바지는 어디 가서 사느냐며 수군대긴 했었다. 인터넷 쇼핑이 없던 시절이라 같은 동네 같은 백화점에서 비슷한 옷들만 보다가 전혀 새로운 스타일을 한 사람을 보니 구경 자체가 즐거움이었다. 그렇다면 지금 이곳 신도시에서도 거의 모든 게 비슷한 주거환경과 생활수준 속에서 일상이 지겹고 공허한 것일까. 나와 너를 구분하며 또 다른 즐거움을 찾아가는 30년전 오렌지족의 우월감이 지금 이곳에 유행 중인가.

송도 신도시에 S카페만 수천개가 있다고 상상해보면 헛구역질이 나올 것 같다. 다양한 분위기와 커피 맛, 빵 냄새가 가득한 여러 카페들이 공존하는 도시가 풍성하고 매력 있다. 뉴욕에는 Cafe Lalo가 있기에 그곳 시민들은 우월감을 가져도 된다. 복잡한 뉴욕에서 시민들이 아껴주느라 숨겨놓은 것 같은 Cafe Lalo는 그곳을 찾아가는 순간이 카페의 대문이고, 찾아가는 길들이 모두 그 시민들의 자부심인 것처럼 느껴졌다. 대기업의 커피만 최고라고 외치고, 다른 소규모 카페들의 커피맛은 다 거기서 거기라고 말한다면, 송도는 S카페만 수천개 들어서는 무서운 곳이 될 것이다. 송도에는 30-40대가 많은 편인데, 내가 속한 이 세대는 줄 세우기를 많이 당한 세대이다. 그러니 가르기를 잘해야 내가 돋보이는 시스템 속에서 살아온 가여운 세대이다. 연령대가 엇비슷한 세대들이 모여사니 친구를 만들기도 쉽지만은 않다. 그럼에도 불구하고 난 뉴욕에서 Cafe Lalo를 찾아냈듯이 보석같은 사람들을 알게 되었다. 우월함을 드러내야 행복한 사람들로부터 자가격리 하면서 책과 문구를 사랑하는 이 언니, 자신의 일을 사랑하며 뒷모습까지 당당한 저 언니, SNS를 위한 여행이 아닌 진짜 여행으로 시간을 채울 줄 아는 내 친구, 이곳 사람들을 만나게 해준 송북이 정말 고맙다. 하마터면 소리 지르며 질러버린 신도시를 비명지르며 떠날

뻔했는데, 남편따라 다니며 발견한 동인천의 노포 사장님들께도 감사함을 전하고 싶다.

마지막으로, 여전히 송남 송북을 능가할 신조어를 만드느라 애쓰는 분에게는 이 말을 꼭 전하고 싶다. 당신이 사는 인천은 바다, 섬, 도시를 품은 거대한 여행지라는 것을 기억하라고, 그리고 인천을 최대한 많이 걸어 보시라고 말이다. 한자로 인천(仁川)은 어진 사람들이 어울려 사는 마을이고, 영어로 인천은 “All ways Incheon”이다. 아줌마 감성으로 해석해 보면, 다양한 방식과 태도가 존중받고, 모든 길이 서로를 향해 통하는 도시, 인천이라고 해석이 된다. 이 의미처럼 나의 두 번째 고향 인천에서만큼은 지금까지 내가 살아온 방식인 ‘나누기’ 대신에 사랑스러운 인천에 어울리는 ‘나눔’이 보편적 정서가 되도록 작은 발걸음을 조심스레 떼본다.

2023년 '내 인생의 첫 책쓰기' 심화 과정 커리큘럼

연번	주제
1	구상1_주제, 책을 관통하는 키워드
2	구상2_글감, 어디서 찾을까?
3	기획1_끌리는 컨셉은 무엇이 다른가?
4	기획2_누구에게 무엇을 전할 것인가?
5	집필1_전체 원고, 일단 마침표를 찍자
6	집필2_글쓰기 노하우
7	집필3_쓰기보다 중요한 고쳐 쓰기
8	출판_어디서 출간할 것인가?

나는 글쓰기로 설렌다. 3

발행일 2023년 10월 21일

공저 김동미 · 류진영 · 문현주 · 박찬영 · 배희준

발행처 인천광역시교육청

주소 인천광역시 남동구 정각로 9(구월동)

전화 032.423.3303

제작 · 디자인 베리즈 코퍼레이션

ISBN 979-11-974423-7-7 (03800)